文治

弃 猫

当我谈起父亲时

〔日〕村上春树　著

烨伊　译　Alichia　绘

猫を棄てる

父親について語るとき

南方出版传媒·花城出版社

中国·广州

图书再版编目（CIP）数据

弃猫：当我谈起父亲时 /（日）村上春树著；烨伊译；Alichia 绘 . —广州：花城出版社，2021.1（2021.2 重印）
　　ISBN 978-7-5360-9317-1

Ⅰ . ①弃… Ⅱ . ①村… ②烨… ③ A… Ⅲ . ①随笔—作品集—日本—现代 Ⅳ . ① I313.65

中国版本图书馆 CIP 数据核字（2020）第 242964 号

合同版权登记号：图字 19-2020-168 号
NEKO O SUTERU – CHICHIOYA NI TSUITE KATARU TOKI
by Haruki Murakami
Copyright © 2020 Haruki Murakami
All rights reserved.
Originally published in Japan by Bungeishunju Ltd.
Chinese (in simplified character only) translation rights arranged with
Haruki Murakami, Japan
through THE SAKAI AGENCY and BARDON-CHINESE MEDIA AGENCY.

出 版 人：肖延兵
责任编辑：陈诗泳　欧阳佳子
特约监制：魏　玲　潘　良　于　北
产品经理：单元皓
技术编辑：薛伟民　林佳莹
装帧设计：山川制本 workshop

书　　名　弃猫　当我谈起父亲时
　　　　　QIMAO DANG WO TANQI FUQIN SHI
出版发行　花城出版社
　　　　　（广州市环市东路水荫路 11 号）
经　　销　全国新华书店
印　　刷　北京盛通印刷股份有限公司
　　　　　（北京市北京经济技术开发区经海三路 18 号）
开　　本　760 毫米 × 1040 毫米　32 开
印　　张　3.25　2 插页
字　　数　3.3000 字
版　　次　2021 年 1 月第 1 版　2021 年 2 月第 3 次印刷
定　　价　48.00 元

购书热线：020-37604658 37602954

欢迎登录花城出版社网站：http://www.fcph.com.cn

目 录

弃　猫

后　记

弃
猫

有关我对父亲的记忆。

我对父亲的记忆自然有许多。毕竟自出生以来，直到十八岁离家，我一直与他以父子的关系，在不算宽敞的家中，在一个屋檐底下，天经地义地共度了每一天。我和父亲之间——恐怕就像世上大多数父子一样——既有开心的往事，也有不那么愉快的回忆。但不知道为什么，如今仍不时在我脑海中苏醒的、历历在目的影像，却不属于以上任意一种，只是极为寻常的日常生活的片段。

比如有过这样的事。

　　住在夙川（兵库县西宫市）的时候，我们曾到海边扔一只猫。不是幼猫，而是一只已经长大的母猫。为何要把一只这么大的猫扔掉，我已经不太记得了。当时住的房子是一座带院子的独栋，有足够的空间养猫。可能是这只流浪猫来我家后肚子渐渐大了，父母担心日后照顾不了它生的小崽，但具体的我已经记不太清了。总之和现在相比，遗弃一只猫在当时是很正常的，不至于因此被人指指点点。毕竟在那个年代，还没有谁会特意给一只猫绝育。当时我大概还在上小学低年级，可能是昭和三十年代[1]的头几年吧。家附近还留有战争中遭美军轰炸的银行建筑，已经是断壁残

---

[1] 昭和是日本裕仁天皇在位期间使用的年号，时间为 1926 年 12 月 25 日至 1989 年 1 月 7 日。昭和三十年代，即 1955 年至 1965 年。

垣了。那是战争的伤痕还未消失的年代。

总而言之，父亲和我在某个夏日的午后，去海边遗弃那只母猫。父亲踩着自行车，我坐在后面，抱着装猫的箱子。我们沿着夙川走到香栌园的海滩，将箱子放在防风林里，头也不回地匆忙回了家。我家离海滩大概两公里。那时还没开始填海，香栌园海滩还是热闹的海水浴场。那里的海水很干净，放暑假的时候，我几乎每天都和朋友一起去那里游泳。那时候的孩子随随便便就去海里游泳，家长基本都不会管。因此我自然越来越能游，想游多久就游多久。夙川里鱼很多，我还在河口捞到过一条大鳗鱼。

总之，父亲和我将猫放在香栌园海滩，说了句"再见"，便骑车回家。下了车，我想着"怪可怜的，但也没办法"，"哗啦"一声拉开玄关的门。没承想，明明刚扔掉的猫"喵"地叫着，竖起尾巴亲切地来迎接我们了。原来它抢在我们前头，早就到了家。它怎么能在那么短的时间里回来，我实在想不明白，毕竟我们是骑车直接回家的。父亲也无法理解。以至于一时之间，我们都无言以对。

我还记得父亲那时一脸的惊讶。但他神情中的惊讶不久就转为叹服，最后好像还松了口气。于是，那之后家里还是将那只猫养了下去，带着一种无奈——做到那个地步它还是找回家来，也就只好养下去吧。

我家里一直有猫。在我看来，我们一家和猫儿们关系融洽，过得不错。这些猫一直是我的好朋友。没有兄弟姐妹，猫和书就是我最珍贵的伙伴。我最喜欢在檐廊上（那个时代，人们的房子大多都带檐廊）和猫一起晒太阳。既然如此，为什么非要去海边将那只猫扔掉呢？为什么当年的我没有反对呢？直到今天，这些疑问——连同猫为什么先我们一步到家——仍然是我难解的谜题。

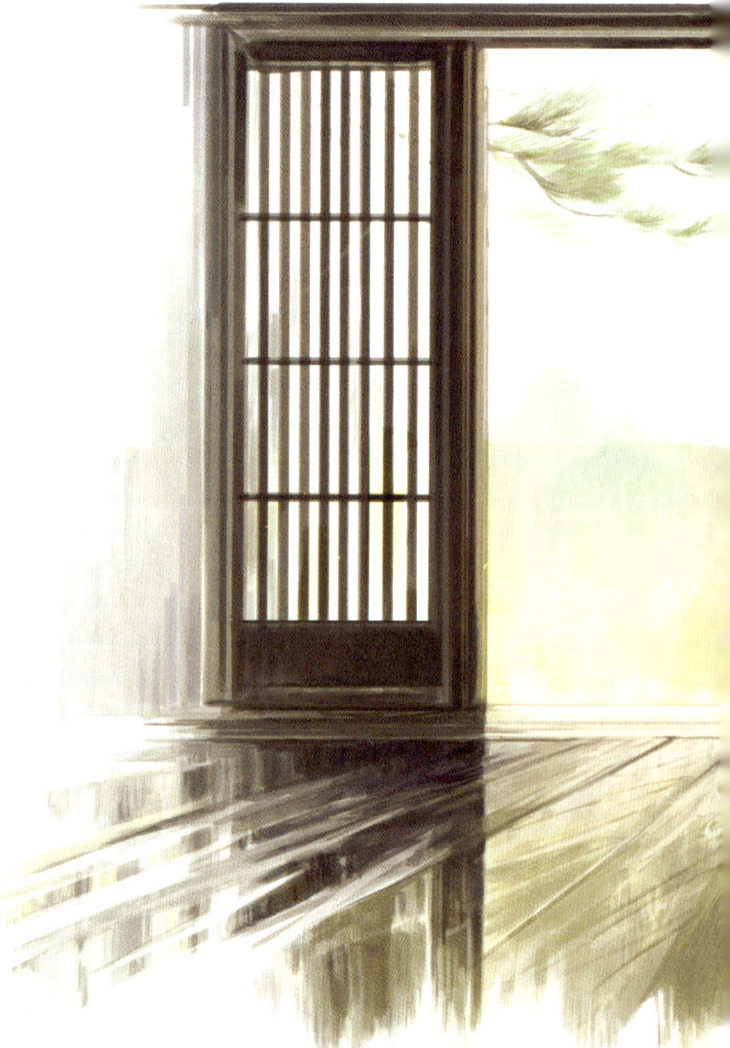

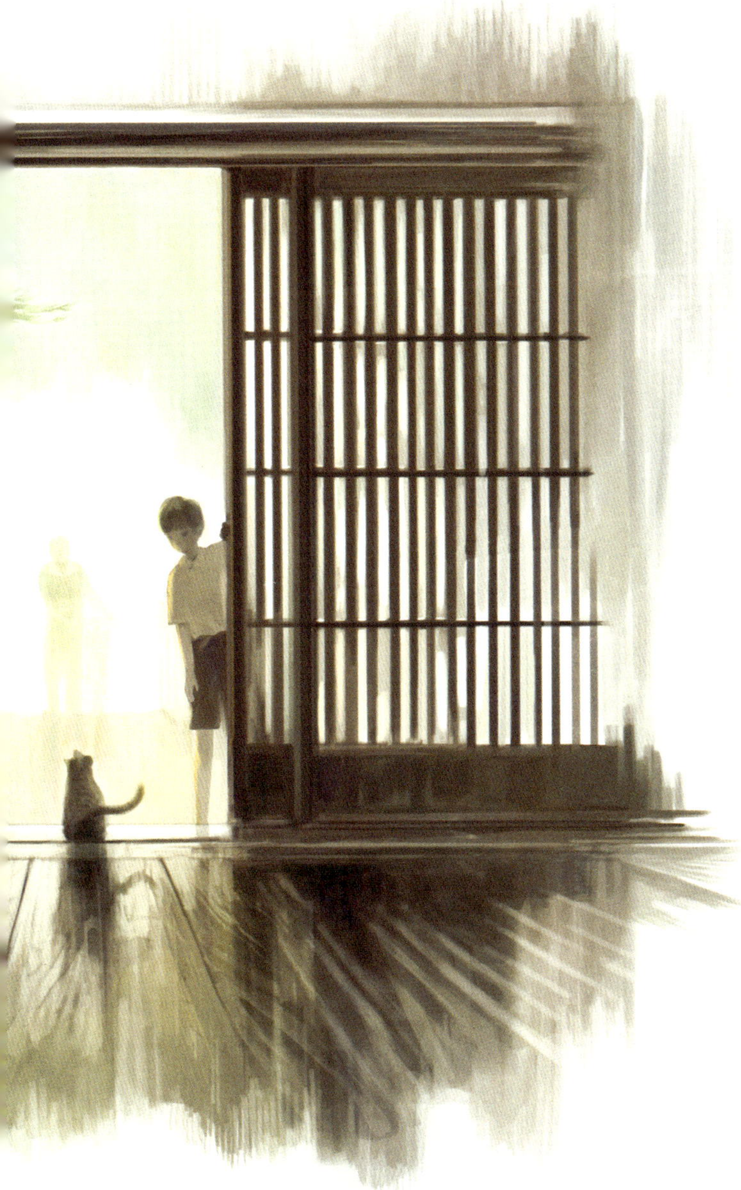

　　还有一件印象很深的事与父亲有关（顺带一提，父亲名叫村上千秋）。

　　每个早上，父亲吃早饭前都要在佛龛前闭着眼睛，长时间专注地念诵佛经。哦，那不是佛龛，而是一只小玻璃盒，里面装着菩萨像。小小的菩萨像雕刻得细腻而优美，放在圆柱形的玻璃盒子中间。不知道这只盒子后来去了哪里。父亲去世后，我就没再见过那尊菩萨像了。它仿佛不知不觉中消失在某个地方，事到如今，只留在我的回忆里。父亲每天早上诵经的时候，为什么不对着一般的佛龛，而要对着那只小小的玻璃盒呢？这也是我不明白的事情之一。

可总之，这是父亲重要的习惯，意味着一天的开始。据我所知，父亲一天都不曾懈怠这"早课"（他是这样称呼的），这项日复一日的功课谁也不能打搅。父亲的背影散发出一股拒人于千里之外的气势，教人难以轻松地与他搭话。在我看来，那其中有某种不同寻常的、强烈的意念，无法用"每天的习惯"之类简单的字眼来形容。

小时候，我问过一次：你在为谁诵经？他告诉我，是为了死在之前那场战争中的人们。为了死在战场上的友军，和当时敌对的中国人。除此之外，父亲没有更多的说明，我也没有再问。恐怕当时的情景中，有某种氛围一类的东西，让我无法再问更多。但我想那不是父亲本人在有意遮掩。如果我继续问下去，他大概也会解释些什么吧。可我没有问。倒不如说，是我心里的某种东西阻止了我向他发问。

关于父亲，我要做个大致的说明。父亲生于大正六年（一九一七年）十二月一日，是京都市左京区粟田口一座名为"安养寺"的净土宗[1]寺院住持的次子。那个年代大约只能用"不幸"二字形容。自他懂事起，闪电般短暂的"大正民主"[2]和平时期便宣告结束，日本迎来黑暗而压抑的昭

---

[1] 汉传佛教十宗之一，以大乘佛教净土信仰为根源，起源自北魏，至唐代成为独立宗派并传入日本。

[2] 日本大正时代（1912—1926）的民主运动。这段时间日本社会相对稳定，迎来"明治维新"后的又一个盛世。民主自由的气息浓厚，后称为"大正民主"。

和经济萧条，不久又因中日战争而深陷泥沼，并渐渐卷入悲哀的第二次世界大战之中。战后又不得不拼尽全力，在巨大的混乱和贫困中艰难求生。父亲和每个普通人一样，肩负着那个不幸至极的时代微不足道的一角。

父亲的父亲——也就是我的祖父村上弁识，原本是爱知县一户农家的儿子，由于不是长子，考虑到今后的安身之计，家里安排他到附近的寺院修行。他大约还算是个优秀的孩子，在各家寺院辗转做过小和尚和见习僧，精进修行，不久京都安养寺便请他去做了住持。安养寺有四五百家施主，在京都算是相当大规模的寺院，祖父大可说是出人头地了。

高滨虚子[1]访问安养寺时，还曾留下这样的俳句：

山门的莪莪菜啊　安养寺

我在阪神间[2]长大，鲜有机会探访父亲的老家——那座京都寺院。祖父去世时我又还小，对他的印象几乎都是模糊的。不过听说他的性格相当自由奔放，喝酒豪爽，喝完便醉，这是出了名的。还听说他人如其名，能言善辩，[3]在僧人中算是很

---

[1] 高滨虚子（1874—1959），俳句诗人。对现代日本俳句文学的发展有重要影响。

[2] 大阪府大阪市和兵库县神户市两大城市之间的区域，主要为兵库县东南部。

[3] 日语现行字体中以"弁"字统一替代了同音的"辩""辨"等字。

有才华的，也颇有威望。在我有限的记忆中，他给人的第一印象是豪放磊落，身上有种领袖气质，说话时声音清晰洪亮。

　　祖父有六个儿子（一个女儿也没有），一向身体健康，却在一九五八年八月二十五日的早上八点五十分左右，横穿连接京都（御陵）和大津的京津线山田道口时被电车轧死了。道口位于东山区山科北花山山田町（祖父当时的住处），没有安全员。那一天，恰好有大规模台风袭击近畿地区[1]（当日东海道线也有部分暂时停运），雨势猛烈，祖父撑着伞，可能没看到沿弯道驶来的电车。

---

[1] 日本本州岛中西部的区域，通常意义上包括大阪府、京都府、兵库县、奈良县、三重县、滋贺县、和歌山县。

他好像还有些耳背。不知道为什么，我一直以为祖父死在台风夜拜访施主后回家的路上，当晚可能还喝了些酒。但翻查当时的报纸，报道的内容却完全不同。

我记得，得知祖父去世的那天晚上，父亲急匆匆地要从凤川赶往京都，而母亲紧抓着他不放，哭着哀求："其他的事我不管，但京都那座寺，你可一定不要接手啊！"那一年我九岁，而这个画面至今仍深深烙印在我的脑海中，仿佛老影院上映的黑白电影中一幕让人难忘的情景。父亲面无表情，只是安静地听着，默默点头。具体的事他们什么也没说（至少我什么也没听到），但多半那时父亲已经下定了决心。我隐约有这种感觉。

前面提到，祖父有六个孩子，都是男孩。其

中三人应征入伍，不知该说是奇迹还是幸运，战争结束时竟全都平安，无一人受重伤。他们之中一人曾奔赴缅甸战场，徘徊于生死之间；一人是特攻队预科练习生[1]中的幸存者；父亲也是历尽艰险，九死一生（这部分后面会写）。尽管如此，至少所有人都保住了性命。并且据我所知，六个孩子里一多半都有僧人资格——级别暂且不论。祖父让每个孩子都接受了相关的教育。顺带一提，父亲的级别是"少僧都"。在僧人的等级中大约是中等偏下，相当于部队的少尉级别。每到夏天盂兰盆节那阵，兄弟几个都聚到京都住下，分头去

---

[1] 预科练习生制度原本是日本海军为培养飞行员而设立的，简称"预科练"。随着日本在第二次世界大战中节节败退，越来越多经验不足的练习生被编入特攻队，实施自杀式袭击。

施主家拜访，这已经成了家族的习惯。到了晚上，大家便在一起大口喝酒，似乎整个家族都有嗜酒的基因。那段时间，我也跟着父亲去过京都几次，不过京都盛夏的酷暑着实让人吃不消。裹着法衣，骑自行车或走路一户户地寻访施主，一定是极为辛苦的差事。

所以祖父弁识过世时，由谁继承那座寺庙便成了一个沉重而不容忽视的问题。祖父的孩子们几乎都已各自成家，有了各自的事业。老实说，谁都没想到祖父走得这样早、这样仓促。对大家来说，这真是名副其实的晴天霹雳。祖父去世时虽已是七十岁的老人，但身体健康，精神矍铄，怎么看也不像是将死之人——如果他没在台风天的早上撞上有轨电车的话。

祖父死后，兄弟六人究竟是怎样商量的，我并不清楚。当时，长子已经在大阪税务所做到股长，次子——也就是我的父亲一直在阪神间一所名叫甲阳学院的初、高中一体制私立学校教国文。其他几个兄弟有的是老师，有的还在读佛教大学。六兄弟中有两人成为别人家的养子，改了姓。总之，他们聊到最后，没有谁主动提出"既然这样，就由我来继承吧"。继承一座如此规模的京都寺院可不是闹着玩的，对家人来说也是很大的负担，大家都心知肚明。另外，被祖父撇下的祖母性格要强，甚至可以说很不好惹，任谁都能想到，儿媳要伺候好婆婆绝非易事。更何况我的母亲是大阪船场[1]一家老字号店铺（店铺已在战时轰炸下

---

[1]　位于大阪市中央区的地域名称，是大阪的商业中心。

被烧毁）的长女，个性张扬，无论从哪个角度去想，都不适合做京都寺里的媳妇。成长的文化背景太不同了。母亲哭着求父亲千万别继承寺庙，也有她的道理。

我擅自推测，当时虽然没人开口，但周遭大约早已有了笼统而一致的想法，或者说，一大家子人都抱着没来由的期待，认为父亲是最适合继承住持之位的人。每当想到祖父去世的那个夜晚，母亲哭求父亲时那决绝的语气，我都忍不住去这样猜测。祖父的长子——也就是我的伯父——村上四明原本似乎想成为一名兽医，后来虽然经历一波三折，战争结束后去了税务所供职，但他应该不至于因此就抱定早早去做和尚的打算。

依我这个做儿子的看来，父亲本性是个认真的人，责任心也很强。尽管他在家里有时会沉着一张脸，特别是喝酒后容易挑三拣四，但平时还是挺有幽默感的，也擅长在人前讲话。从各方面综合考虑，他大概是适合做和尚的。虽然没怎么继承祖父豪放磊落的一面（不如说反倒有些过于敏感），但他举止温文尔雅，让人觉得踏实，还秉持着与生俱来的纯洁信仰。大概他也清楚，自己的性格大体来说适合出家。

他自己原本希望留在研究生院做一名学者，但说不定也想过，如果这条路走不通就去当和尚。我猜想，如果他单身，对继任住持一事也许就不会那么抗拒。可当时他已经有了必须守护的东西——自己的小家。想到一家人商量此事的情景，父亲苦恼的神情似乎就在我眼前。

不过，最终还是长子——我的伯父村上四明从税务所辞职，举家搬进寺院，继任住持的名号，接管了安养寺。后来他的儿子，也就是我的堂兄弟纯一子承父业，成了现在安养寺的住持。父亲那辈六个兄弟，包括父亲在内都已去世。留到最后的叔父——那位从预科练回来的——也是几年前就走了。这位叔父爱对年轻人说教，在京都的大街上看见右翼的宣传车，他就会念叨："你们这些家伙没见识过真正的战争，才敢这么胡说八道啊……"

按照纯一的话说，最后是伯父四明负起长子的责任，或者说遵从命运的安排，接受了继任安养寺住持的使命。应该说，是不得不接受这一使命。当时来自施主的压力远比现在要大，那世道大抵也不允许他们恣意妄为。

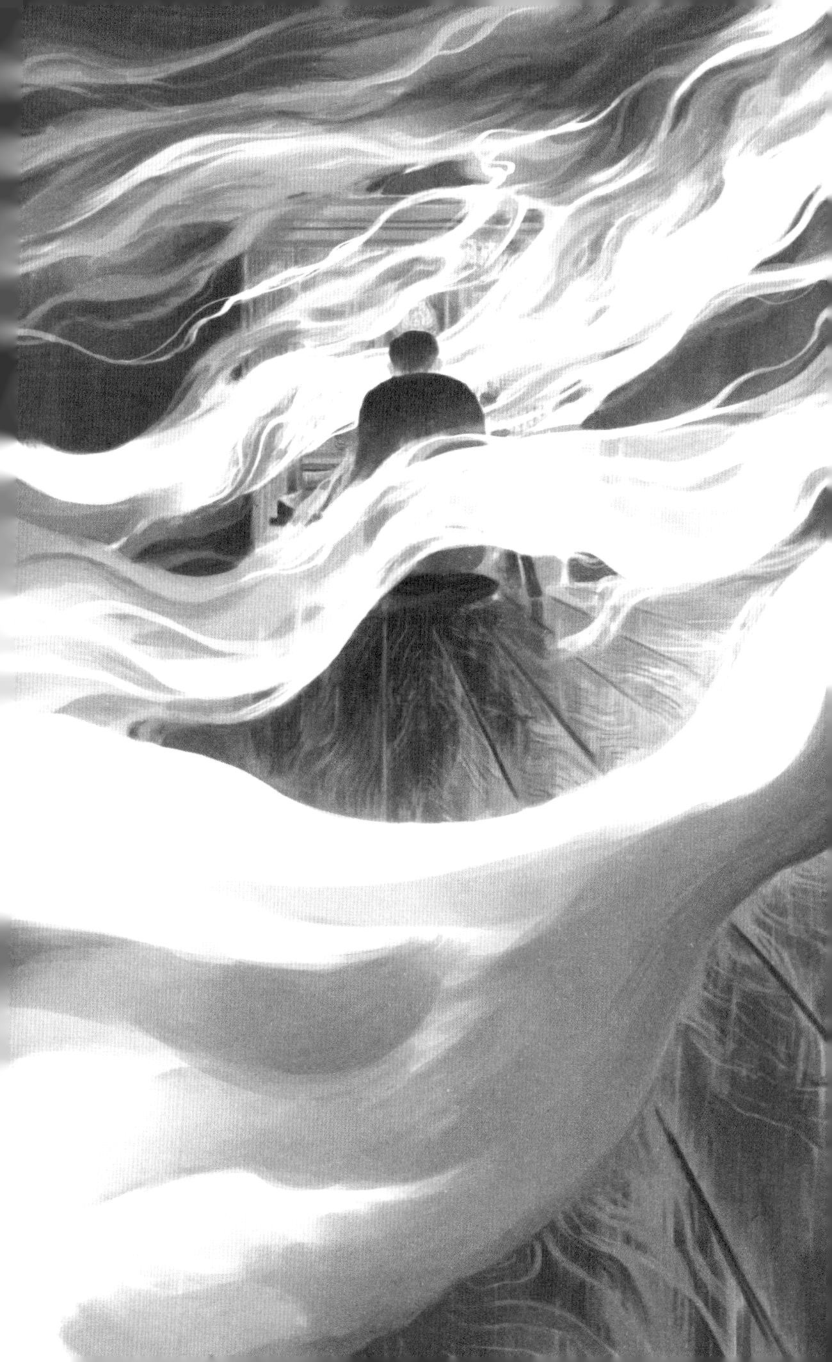

父亲小时候，好像曾被家里送到奈良的某座寺里当小和尚。那恐怕还有送给人家当养子的意思。但父亲从未和我讲过那些。他本就不愿多谈自己的成长经历，尤其是不愿对我讲起。也或许那些事情他不想对任何人说。我有这种感觉。告诉我这件事的，是堂兄弟纯一。

像我的祖父弁识经历过的那样，那时有不少孩子多的人家为了少一张吃饭的嘴，就把长子之外的孩子送给别人家做养子，或者送到什么地方的寺院去当小和尚。可父亲给送到奈良的某座寺院后没多久，就回了京都。家里对外人的说法是小孩因为天冷冻坏了身子，而实际上更主要的原因似乎是父亲难以适应新的环境。被送回老家后，父亲没再被送去其他地方，一直留在安养寺，作为祖父母的孩子平凡地长大。但我能感觉到，那段经历恐怕在父亲年少的心里，留下了深深的伤疤。我没有能说清个中原委的证据，只是父亲身上确实散发着那样的气息。

我忽然想起了扔猫那天父亲的模样：看到那只本应被丢在海边的猫抢在我们前面回了家，他神情中的惊讶不久就转为叹服，接着好像还松了口气。

而我没有经历过这些。我生在一个极为普通的家庭，作为独生子，父母相对精心地呵护我长大。被父母"抛弃"这种短暂的经历会给孩子的心灵蒙上怎样的阴影，我无法设身处地去感受，只能凭空想象"大抵是这样的吧"。不过这类记忆恐怕会成为看不见的伤痕，纵然深浅和形状会逐渐变化，也还是会纠缠人一辈子。

读法国电影导演弗朗索瓦·特吕弗[1]的传记，我了解到，特吕弗也在幼年被迫离开父母（他的父母几乎视其为包袱，将他遗弃），被别人收养。而他终此一生都不断通过作品探究"被遗弃"这一主题。大概每个人或多或少都有些难忘的沉重回忆，我们无法用言语向人完整地诉说它的真实样貌，只是就这样无法言尽，就这样活下去，渐

---

[1] 弗朗索瓦·特吕弗（1932—1984），法国导演、演员、编剧、制片人。一出生便交由奶妈抚养，住在外婆家。其作品具有强烈的纪实性和浓重的个人传记色彩。擅长在作品中将人的感情推向极端的处境，来安排、讲述人物命运。

渐走向死亡。

京都净土宗的寺院分为知恩院和西山两派，蹴上的安养寺属于西山派。也许将净土宗西山派和净土宗知恩院派看作两个不同的、教义各自独立的宗教团体更为准确（尽管连专家都很难解释清楚这两派教义的区别）。西山专门学校是长冈京市光明寺的附属院校，现在改名为京都西山短期大学，设有几种不同的学科，但以前是学习佛教的专门教育机构。想做寺院的住持，必须在这里接受专业教育，并且在学校旁边的光明寺修行三周（包括在寒冷的季节里，每天三次兜头淋一盆冷水），取得僧人应有的资格。

我的父亲一九三六年从旧制东山中学毕业，十八岁起就读于西山专门学校。不知道他本人当时想如何发展，但身为住持的儿子，他似乎没有其他的选择。而在从那所学校毕业前的四年里，他有缓期应征入伍的权利，却忘了去办理正式的公务手续（他本人是这样说的）。于是，一九三八年八月，他二十岁的时候，学上了一半便被叫去服兵役。虽说不过是手续上的差错，可一旦流程走到了这一步，是不可能说一句"对不起，弄错了"就管用的。所谓的官僚和军队组织便是如此，公文就是一切。

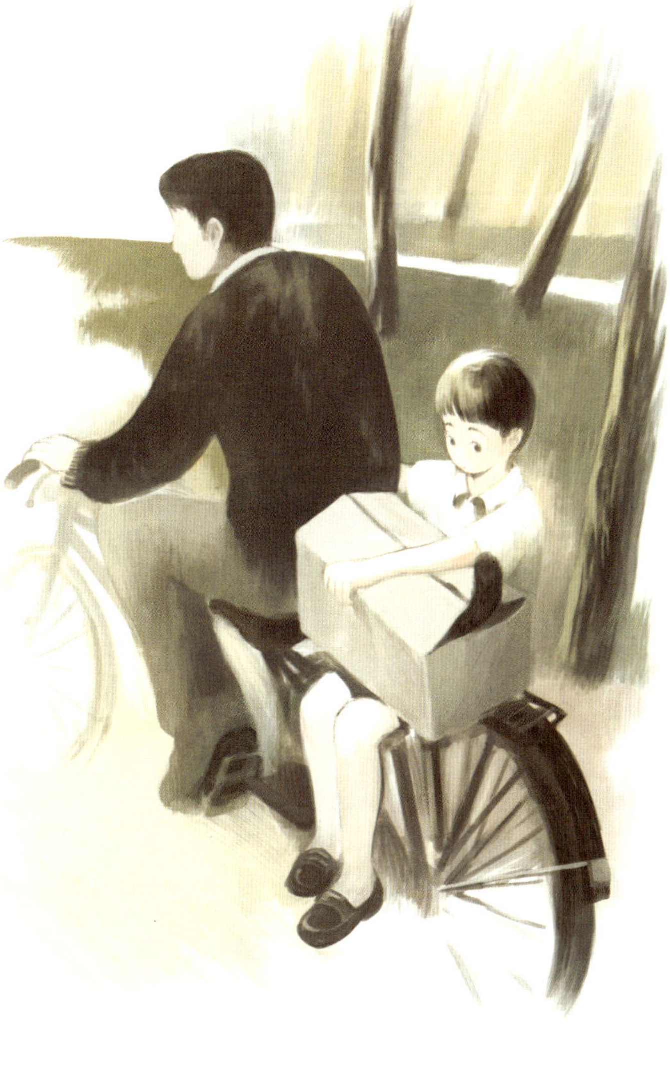

父亲被分配到隶属于第十六师团（伏见）的步兵第二十联队（福知山）。福知山的联队总部如今是陆上自卫队第七普通科联队的驻扎地，大门柱子上仍然挂着"步兵第二十联队"的牌子。旧军[1]时代的建筑几乎都原样保留下来，现在成了"史料馆"。

第十六师团以步兵第九联队（京都）、步兵第二十联队（福知山）、步兵第三十三联队（三重县

---

[1]　第二次世界大战结束前日本保有的军队（日本陆军和日本海军）。为了与"二战"后日本成立的自卫队相区分，有时会被称作"旧军"。

津）这三支队伍为根基组建。父亲的籍贯在京都市内，却没有被编入第九联队，而是被分到遥远的福知山联队。个中缘由无人知晓——

以前我一直是这样以为的，但调查后发现，实际情况并不是这样。父亲当年并非隶属于步兵第二十联队，而是同为第十六师团的辎重兵第十六联队。这支联队也不在福知山驻军，而是归驻扎于京都市内伏见区深草的司令部管辖。而我以前为什么会认定父亲隶属的是福知山的步兵第二十联队呢？这一点后面会写。

总之，由于一直坚信父亲隶属第二十联队，我过了很久，才开始详细调查他的从军履历；或者说，是在下定决心上用了很久。父亲去世后，足有五年的时间，我想着一定要调查，却迟迟没有落到实处。

为什么呢?

那是因为步兵第二十联队是攻陷南京时最先头的部队,并因此"扬名"。提起京都的部队,人们总有一种稳重的印象(他们也确实被笑称为"朝廷的部队"),但出人意料的是,这支部队的所作所为总是充溢着血腥。很长的一段时间里,我一直怀疑父亲是否曾作为这支队伍的一员,参加了南京战役,也因此总是很抵触去详查他的从军记录;父亲生前,我也不愿直接向他仔细打听战争时的故事。就这样,我什么也没有问,他什么也没有说,平成二十年(二○○八年)八月,父亲因多处扩散的癌症和重度糖尿病,在京都西阵的医院停止了呼吸,享年九十岁。与病魔多年的缠斗使他的身体极度衰弱,但他一直意识清醒、记忆清楚、口齿清晰,这是他走到生命尽头时仅剩的东西。

　　父亲于一九三八年八月一日入伍。步兵第
二十联队抢在最先头攻陷南京、"远扬威名"是
在前一年，也就是一九三七年的十二月。所以说，
父亲以一年之差，堪堪避过了南京之战。听闻这
一事实，我一下子松了口气，有种卸去一块心头
大石的感觉。

　　南京之战后，第二十联队继续在中国各地展
开白热化的战斗。第二年五月攻陷徐州，又在一
场激战过后攻陷武汉，一路追着退军向西推进，
马不停蹄地持续作战。

　　一九三八年十月三日，父亲以辎重兵第十六
联队特务二等兵的身份乘运输船从宇品港出发，
当月六日登陆上海。登陆后，似乎和步兵第二十

联队一起行军。根据陆军战时名簿的记载，除了
主要负责补给和警备任务外，他还参加了河口镇
附近的追击战（十月二十五日），以及次年汉水的
安陆作战（三月十七日）和随枣会战（四月三十
日至五月二十四日）。

追寻父亲的足迹，我发现那是一段相当让人
吃惊的行军距离。一支连机械化都未完全实现，
也难以指望燃料充足补给的战斗部队——马几乎
是唯一的代步工具——要走这么远的一段路，一
定是一趟异常艰难的苦行。据说在战场上，补给
跟不上，粮食和弹药长期不足，士兵穿的也是破
衣烂衫。由于环境不卫生，霍乱等一系列瘟疫蔓
延，情况相当严峻。当时牙科医生人手不足，许
多士兵还忍受着虫牙的折磨。以日本有限的国力，
压制辽阔的中国大陆根本就行不通。即使能以武

力镇压一个又一个城市，客观来说，长期占领一整片地区也是不可能的。

阅读当时第二十联队的士兵们留下的手记，便能深刻地体会到他们的处境有多悲惨。有的人坦率地留下证言，称很遗憾，当时的士兵有屠杀行径。也有的人坚持号称压根儿不存在屠杀，不过是在编故事。不管怎么说，二十岁的父亲作为一名辎重兵，被送到了血流成河的中国大陆战线上。顺便说一下，辎重兵的队伍主要负责照顾军队的马匹，也参与补给任务。那时的日军长期缺乏汽车和燃料，马是他们重要的交通工具，恐怕比部队本身还重要。辎重兵基本不直接参与前线战斗，但并不意味着安全。因为轻装上阵（多数人只随身佩一柄刺刀），也常被对手从背后偷袭，损伤惨重。

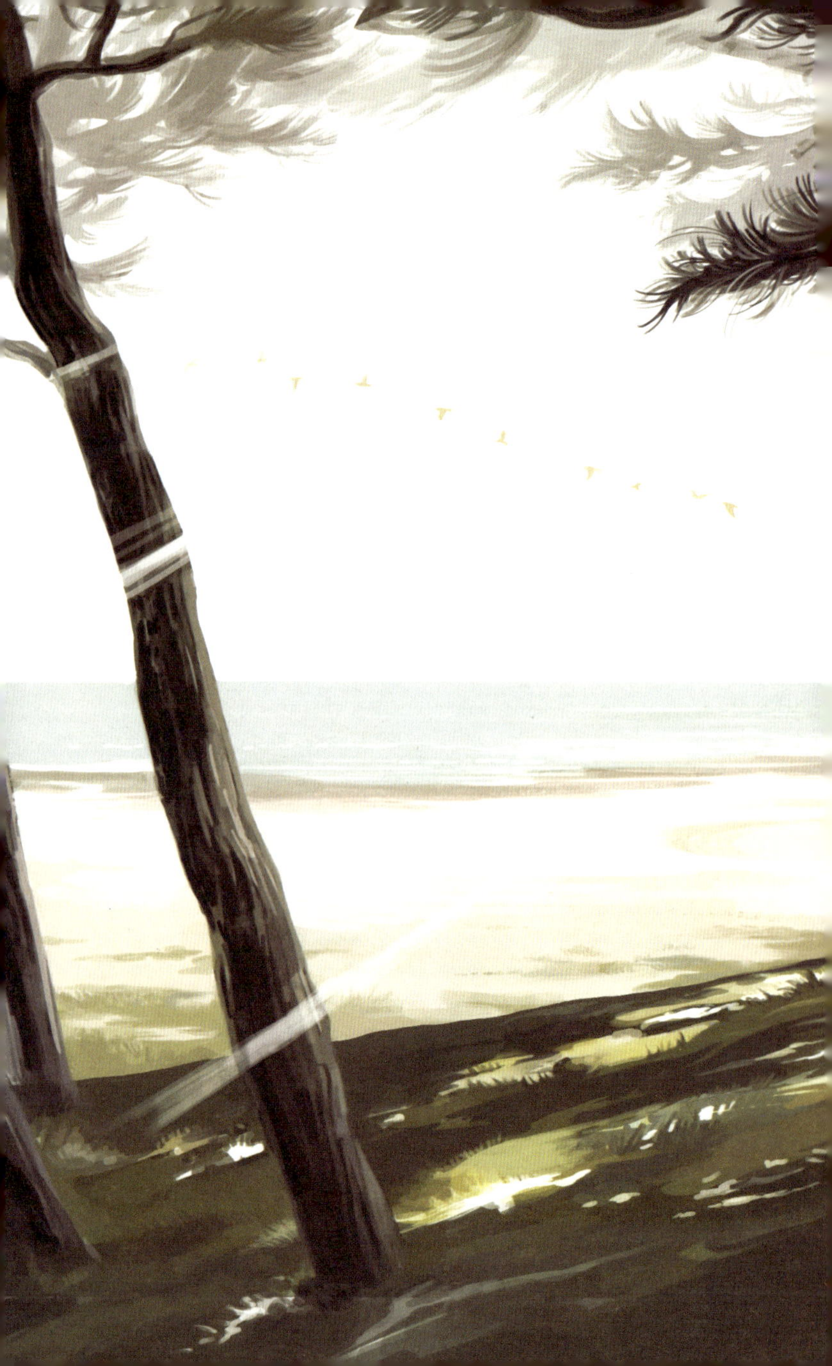

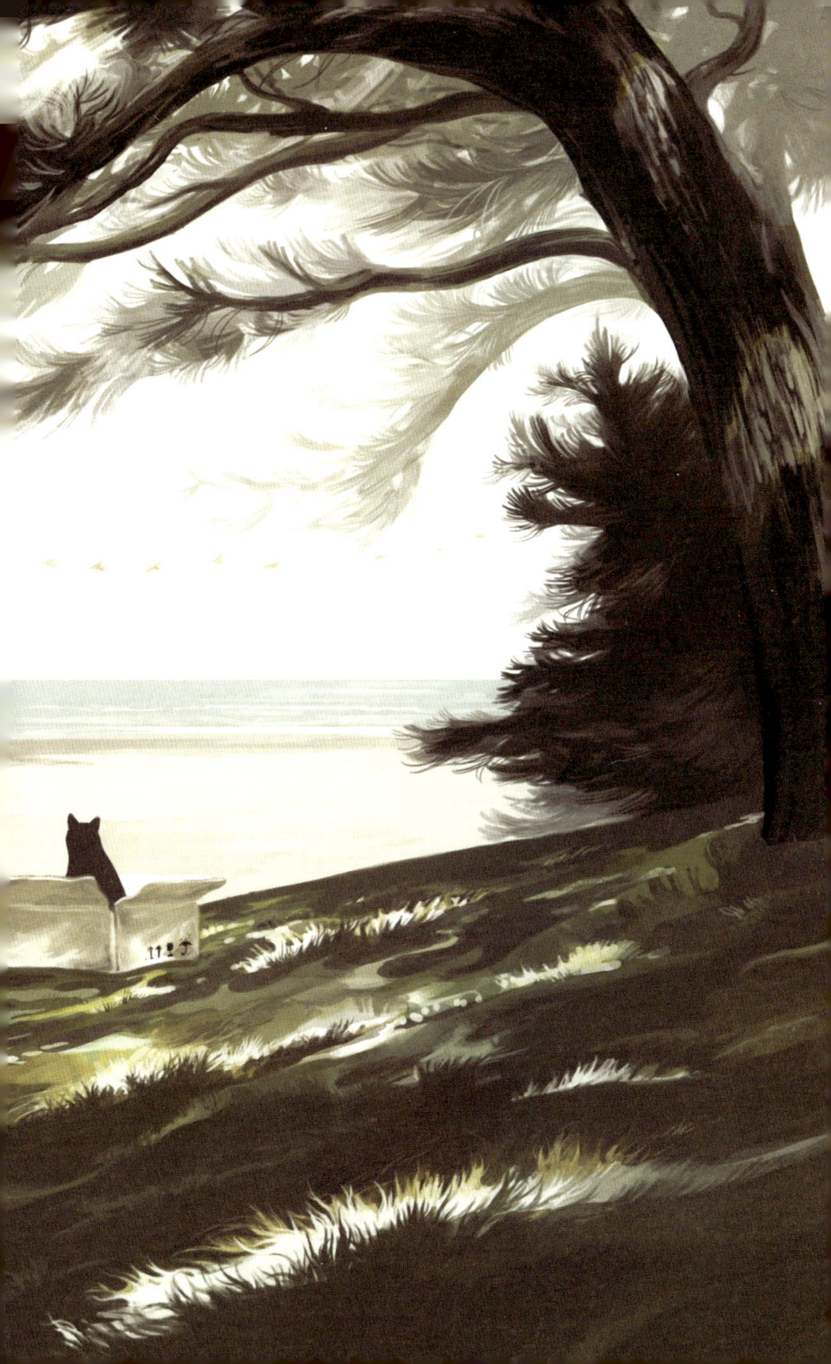

　　父亲升入西山专门学校后立刻对俳句产生兴趣，加入了类似同好会的组织，从那时起创作了不少俳句。用现在的话来说就是对俳句"上了头"。他在部队时写的几个俳句登载在西山专门学校的俳句杂志上，也许是从战场寄到学校的吧。

　　鸟归去　叽叽喳喳向何方　是故乡

　　是士兵也是僧人　遥对明月　双手合十

　　我不是俳句专家，判断不出这些句子究竟水平如何。不过，想象一位二十岁的文学青年吟咏这样的俳句时的模样，倒不是什么难事。因为自始至终，撑起这些句子的并非诗歌技巧，而是坦率的情绪表达。

　　他在京都大山中的学校里，为了成为一名僧人而求学。那很可能是诚心诚意的求学。可因为手续上的一点小差错，他不得不服兵役，接受严酷的新兵教育，接过三八式步枪，坐上运输船，被带到白热化的中国战线上。面对宁死不屈的中国士兵和游击队，无休无止地辗转作战。那个世界处处与和平的京都深山寺院截然相反，父亲无疑承受了巨大的心理冲击和动摇，经历了激荡灵魂的矛盾。乱世之中，父亲似乎只是想安静地吟咏俳句，从中寻找安慰。寄托于俳句——或许也

可以说是某种象征性的暗号——这一形式，能更
真诚而直接地，表达那些用明文写在信上便要立
刻接受审查的消息和心绪。对他来说，这也许是
唯一且意义非凡的避难所。战争结束后的很长一
段时间里，父亲依然坚持吟咏俳句。

42

　　仅有一次，父亲向我坦白，他所在的部队处刑过俘虏的中国士兵。我不知道他是出于什么原因，以怎样的心情告诉我的。时间已经过去了太久，整个过程的来龙去脉已不甚清晰，只有这件事孤立地存在于我的记忆中。当时的我还在读小学低年级，父亲淡然地讲起处刑的场面。一名中国士兵知道自己要被处死，依然没有乱了阵脚，也没有惊慌失措，只是一动不动地闭着眼，安静地坐在那里。这名士兵不久被斩首了。那态度着实令人刮目相看，父亲说。他恐怕到死为止，都对那名被斩首的中国士兵怀揣深深的敬意。

至于同一支部队的战友是在一旁眼睁睁地看着那名士兵被处刑，还是被迫更多地参与到处刑过程中，我不太清楚。或许是我的记忆出现了混乱，也或许是父亲讲给我听时本就措辞模糊，如今已经无从确认了。但无论如何，那件事一定在他心里——在既是士兵又是僧人的他的灵魂中——留下了深深的芥蒂。

听说那段时间在中国大陆，日军为了让新兵或补充兵[1]习惯杀人，常会命令他们处死俘虏的

---

[1] 通过补充兵役进入日军部队的士兵被称作"补充兵"。补充兵役是日本当时的兵役之一。符合一定的征兵标准，但当下未服役者，在特定情况下会被临时召集服役，以补充兵力。

中国士兵。吉田裕先生在其著作《日本军兵士》（中央公论新社出版）中这样写道：

> 据藤田茂回忆，一九三八年年末到一九三九年，他任骑兵第二十八联队队长时，曾这样训诫联队的全体军官："杀人是让士兵尽快习惯战场的方法。也就是测试他们的胆量。用捕虏（即俘虏）来试就行。四月又要补充一茬新兵了，必须尽快制造这样的机会，让新兵坚强起来，适应战场。……比起枪杀，用刺刀更有成效。"

杀害不抵抗的俘虏，当然是违反国际法的非人道主义行为，可当时的日军似乎认为这种做法是极为自然的。其首要理由是，日军战斗部队没有照料战俘的余力。一九三八年到一九三九年，正好是父亲作为新兵被送到中国大陆的那段时间，下等士兵被强迫执行这样的任务，也绝不是什么让人大惊小怪的事。印象中父亲告诉我，这类处刑大多用刺刀执行，但那一次用的是军刀。

　　总之，父亲忆起的用军刀斩断人脖子的残忍场面，毫无疑问在幼小的我心里烙下了鲜明的伤痕。那幕画面甚至可以说是一次模拟体验。换句话说，多年来压在父亲心中的沉重往事——借用当代词汇形容，就是"心理创伤"——部分地由我这个做儿子的继承了下来。所谓心与心的连结就是这样，所谓的历史也就是如此。其本质就在"承接"这一行为——或者说仪式之中。无论其内容让人多么不愉快、多么不想面对，人还是不得不接受它为自己的一部分。假如不是这样，历史的意义又在哪里呢？

父亲几乎没有对人讲过他在战场上的经历。无论是亲自动手，还是仅仅在一旁目睹，那恐怕都是他不愿回忆，也不想提及的过去吧。但唯有这件事，他可能无论如何也想以某种形式讲给继承自己血脉的儿子——就算会在双方心里留下伤疤，也必须这样做。这自然只是我的揣测，不过我总是不由自主地这样认为。

第二十联队于一九三九年八月二十日从中国撤回日本。父亲就这样结束了为期一年的兵役，回到西山专门学校复学。紧接着，德军于九月一日进攻波兰，第二次世界大战在欧洲打响。世界迎来剧烈动荡的时期。

当时接受征兵的现役兵服役时间是两年，父亲却不知为何只服了一年兵役。个中缘由我不清楚，或许他当时还是在校学生也是原因之一。

结束兵役复学后，父亲似乎依然热情地吟咏俳句。

哼着歌儿与鹿游　希特勒青年团

（一九四〇年十月）

　　这首俳句多半是希特勒青年团来日本友好访问的时候作的。当时的纳粹德国是日本的友邦，抓住有利时机在欧洲作战，而日本还未正式对英、美宣战。说不上为什么，我个人很喜欢这一首。父亲从有些新奇的、不算普通的角度，截取了历史的一幕画面——一个小小角落的场景。远方血光冲天的战场和群鹿（不出意外的话，应该是奈良的鹿）的对比让人印象深刻。曾开心地在日本观光的希特勒青年团的年轻人们，说不定不久就死在了严冬的东部战线上。

一茶忌　悲伤俳句细品读

（一九四〇年十一月）

这一首也打动了我。句中的世界似乎无限静谧、无限安稳。可要使内心风平浪静，想必是需要一定的时间吧。俳句背后，隐约飘动着危机四伏的混乱气氛。

父亲原本是喜爱学问的人，学习有时仿佛是他生存的意义。他爱好文学，当老师后也经常独自阅读，家里永远堆满了书。我十几岁就热衷于读书，兴许也是受了他的影响。他当学生的时候，成绩似乎也很不错，一九四一年三月以优等生的身份从西山专门学校毕业，接着就读于京都大学[1]文学部文学专业。当然是参加了入学考试的，要知道在那时，想从一天到晚学佛和修行的佛教类专业院校考入京都大学，肯定不是什么简单的事。

母亲以前常对我说："你爸爸的脑子很好使。"父亲的脑子到底有多好使，我不知道。以前就不知道，现在仍然不知道。本来我对这类事就不太上心。大概对从事我这种职业的人来说，一个人的脑子是否好使，并没有那么重要吧。在我这行，和头脑灵光相比，心灵的自由和感觉的敏锐更能派上用场，因此——至少我自己是这样——几乎

---

[1] 代表日本高等教育最强实力的学府之一。1897 年至 1947 年间曾用"京都帝国大学"作为校名。随着 1947 年日本正式将"帝国"二字移出国号，京都帝国大学也改称"京都大学"。

从未以"脑子是否好使"为标准去衡量一个人。这一点和学界有很大区别。不过这些都无所谓，反正父亲的学习成绩一直都很优秀，这一点应当是毫无疑问的。

遗憾的是（也许该这么说吧），与父亲相比，我对学问这东西一向没什么兴趣，念书时的成绩也一直不太出众。喜欢的东西就不懈努力去追求，不喜欢的东西则几乎漠不关心。我的性格以前就是如此，到现在也一点都没改变。所以我从小学到高中，学习成绩自然没有多糟，但也绝不是什么让周遭钦佩的好榜样。

这一点似乎让父亲有些失望。和自己年轻的时候相比，看着我这种难说是勤勉的生活态度，他恐怕觉得很可惜吧——"生在这样和平的年代，不被任何事干扰，想怎么学就能怎么学，为什么不在学习上多花些心思呢？"我想，他也许是希望我拿前几名的。还希望能由我代替他，昂首阔步地重走自己被时代耽误、无法迈步的人生。为此，他一定不惜牺牲自己的一切。

可我却没能圆满地实现父亲的期望，因为我无论如何都无法全身心地投入到学习中去。学校教的课大多都很无聊，教育体系过于死板、压抑。于是，父亲长时间怀着不满的情绪，我则长时间感受着痛楚（痛楚中包含无意识的愤怒）。三十岁时，我作为小说家出道，父亲似乎很是为我开心，但那时我们的父子关系已经很冷淡了。

直到现在，甚至是直到此时此刻，我的潜意识依然认为——或者说依然带着这种情绪的残

影——自己一直以来都让父亲失望，辜负了他的
期待。尽管跨过某个年龄段以后，已经看开了许
多："没关系，每个人都有自己的特点。"可对于
十几岁的我来说，那样的环境总是萦绕着某种含
混的悔恨，怎么也无法用舒适来形容。直到现在，
我偶尔还会梦到在学校考试，考卷上的试题一道
也不会。时间一分一秒地流逝，而我完全招架不
住。如果这次考试落榜，就大事不妙了……大概
就是这样的梦。并且醒来时总是出了一身汗，让
人难受。

不过那时候的我到底还是认为，比起定在桌
前解老师布置的难题、在考试中取得稍好些的成
绩，还是多读喜欢的书、多听喜欢的音乐、去户
外运动、和朋友打麻将，或者和女朋友约会更有
意义。当然，如今再回头想想，自然能笃定地判断，

自己当时的想法是正确的。

恐怕我们每个人都只能呼吸着不同时代的空气，背负着时代本身的重量活下去，也只能在时代的洪流中默默成长吧。没有好坏之分，而是顺其自然。就像现在的年轻人，也正没完没了地让他们的父母那代人头疼一样。

言归正传。

一九四一年春天，父亲从西山专门学校毕业后，于同年九月底接受临时征召，十月三日再次进军队服役，所属部队为步兵第二十联队。后来又被编入辎重兵第五十三联队。

一九四〇年，第十六师团决定在满洲永久驻扎，而以留守第十六师团为核心的第五十三师团在京都师管编组完成，[1] 辎重兵第五十三联队也成为隶属该师团的辎重兵部队。（顺带一提，据说水上勉 [2] 先生在战争末期也是辎重兵第五十三联队中的一员。）大概父亲就是在这样匆忙而混乱的改组下，被编入福知山部队的吧。而我可能也因为听过父亲的这段故事，才以为他从第一次征兵起就一直在福知山的部队服役。

一九四四年，第五十三师团于战争末期被发派缅甸，参加尼泊尔作战，并在同年十二月到次

---

[1] 师管指 1873 年至 1945 年，日本陆军在军事层面对日本本土所做的地域划分。各地师管分别负责当地的军队行政和警备事务。留守师团通常指师团出征后编组的常备师团，作为出征师团的补充。

[2] 水上勉（1919—2004），日本小说家。长年致力于中日文化交流，多次访问中国，曾先后担任中日文化交流协会常任理事和最高顾问。其作品多反映日本下层社会的生活，并对战争提出控诉。

年三月的伊洛瓦底江会战中与英联邦军队对战，全团遭遇追击，接近全军覆没。辎重兵第五十三联队的主力部队也与师团一同参加了这次激烈的战斗。

教父亲俳句的俳人铃鹿野风吕先生（1887—1971，师从结识于杂志《杜鹃》的文学同好高滨虚子。京都建有"野风吕纪念馆"）的《俳谐日记》中，一九四一年九月三十日那天记录了这样的内容：

回程路上，又因为下雨弄得满身泥泞（中略）。回去后得知，千秋接到了军事公用。

"秋风瑟瑟　吾等男儿　再为国藩屏
——千秋"

"军事公用"大概是指父亲收到了征召的信件吧。俳句的意思是,"身为男人,为了国家大事,我要再次成为盾牌"。在当时那种情势之下,大概也只好吟咏这类爱国的俳句。但从这一句里,尤其是"再"字里,还是不难体会某种心灰意冷的情感。他本人应当是想成为一名不谙世事的学者,宁静度日的吧。可时代的洪流却不允许他有这样的奢望。

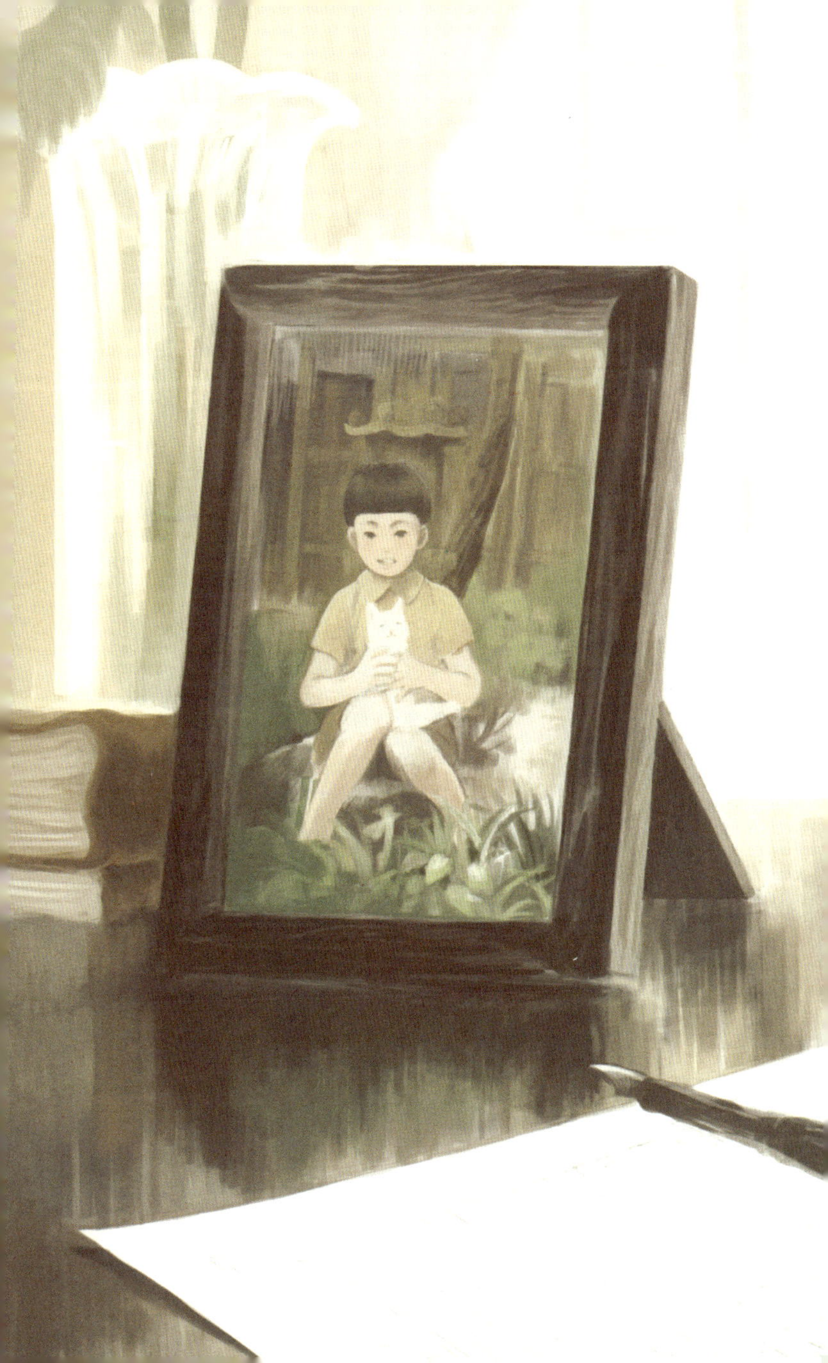

　　谁知事态有了意想不到的发展，十一月三十日，刚刚接受征召仅两个多月，父亲突然接到了取消召集的通知。也就是说，他可以结束兵役，回归故里了。十一月三十日，正是突袭珍珠港的八天前。若是等到开战之后，恐怕就不会再有这样宽厚的举措了吧。

　　听父亲说，多亏了一位长官，他才捡回一条命。当时父亲是上等兵，一次，那位长官将他叫去，对他说："你是京都帝国大学的学子，和留在部队相比，还是勤学奋进对国家更有帮助。"后来，就将他从军职中抽调开了。我不知道这样的安排是否是一个军官能决定的。说起来，父亲读的也不是理科，读文科的学生回到大学，在学校学习写俳句，怎么看（除非把眼光放得相当长远）也不像是能"对国家有帮助"的。父亲特意没有讲很多，也许这中间还有一些小插曲吧。但无论如何，自此以后，他便卸任军职，恢复了自由身——

　　这是我小时候听说的——目前还记得的——故事。的确是一件有趣的逸事，遗憾的是它与事实不符。查看京都大学的学生名簿，父亲一九四四年十月才进入京都大学文学系学习。这样一来，那句"你是京都帝国大学的学子"就说不通了。也许是我的记忆在什么地方出了差错。或者这个故事是我从母亲那儿听来的，而她的记忆出了差错。不过事到如今，也无从确认孰是孰非了。母亲的记忆现在几乎已处于完美无瑕的混沌之中。

总之，根据记录，父亲于一九四四年十月进入京都大学文学系学习，一九四七年九月毕业（战争结束前的大学是三年制，战争中有学生破例于十月入学，九月毕业[1]）。父亲的征召令于一九四一年秋天解除，到他进入京都大学之前，也就是他二十三岁到二十六岁的三年时间中，不知道父亲在哪里、在做什么。我猜，他也许待在老家的寺庙打打下手、作作俳句，同时为进入大学勤学苦读吧。事实到底如何我不得而知。这又成了一个谜。

父亲的征召令解除后，他刚一离队，太平洋

---

[1] 日本的学校一般于四月开学，三月毕业。

战争便拉开帷幕。驻扎在满洲的第十六师团乘运输船出发,攻打菲律宾。一九四一年十二月二十四日,第二十联队试图在敌人阵前登陆吕宋岛东部的拉蒙湾,遭遇美菲联军的激烈抵抗。大江季雄少尉在这次战斗中胸部中弹身亡。他曾在柏林奥运会上,和运动员西田修平分别摘得撑杆跳季军和亚军。[1] 大江是舞鹤[2]人,中弹时他做军医的哥哥正好在场,他在哥哥的救治中停止了呼吸。

伤亡惨重的第十六师团终于登陆吕宋岛,很

---

[1] 1936 年柏林奥运会上,运动员西田修平和大江季雄分别获撑杆跳项目的亚、季军,两人将银牌和铜牌切开,各分给彼此一半,此事被称为"友情的奖牌"。

[2] 日本京都府舞鹤市,位于京都市的西北部。

64

快又受命出击，攻打军事要塞巴丹半岛。但在美军压倒性的火力优势下，遭到毁灭性的打击。美军避开马尼拉决战，将马尼拉作为"不设防城市"毫不反抗地让给了日本，使己方的九个师团、八万兵力得以保存，据守于半岛的山林中。日军参谋总部过分低估了美军在巴丹半岛防线上严密部署的战斗力，战斗部队装备尚不充足，就将其送往前线，导致惨案发生。士兵们在密林中被反包围，暴露于激烈的集中炮火之下，惨遭美军最新锐的坦克部队蹂躏。据《福知山联队史》记载，一九四二年二月十五日，步兵第二十联队包括联队长在内只剩下三百七十八人，其他文献则简单地记载为该师团"几乎全军覆没"。

一位士兵这样写道："（前略）由于错误的局势判断和作战失误，我军无数战友白白丧命。他们弹尽粮绝，步兵以阵地为坟，炮手以火炮为碑，化为护国之鬼。养育福知山联队的故土乡亲，大概永远不会忘记巴丹半岛。"

　　巴丹半岛战役历尽艰辛，总算在同年四月初结束，"几乎全军覆没"的第十六师团重新编入新的补充兵，驻军菲律宾首都马尼拉，成为守卫部队，主要承担在菲律宾各地征讨游击队的任务。但一九四四年四月战局恶化，师团被运送到马尼拉南部的要塞莱特岛，成为守卫当地的主力部队。

　　同年十月二十日，师团与美军大规模的登陆部队进入全面交战状态，同月二十六日几乎遭全面摧毁。面对美军对菲律宾的进攻，当地军队和大本营之间就防守吕宋岛还是莱特岛一事发生激烈的争论，后部队被紧急部署到莱特岛，军心未定便加入了战斗。这被普遍认为是败退的重要原因。

　　在激烈的舰炮射击和与登陆军队在水边作战的过程中，第十六师团损失了一半兵力，之后退到内陆负隅顽抗。但补给被彻底切断，又有游击队从后方偷袭，许多伤兵败将和队伍走散，因饥饿或疟疾倒地不起。据说饥荒尤其严重，甚至有吃人肉的现象发生。那是一场没有胜算、史无前例、惨绝人寰的战斗，原有一万八千人的第十六师团，仅有五百八十人幸存，战死率实际超过百分之九十六，是名副其实的"玉碎"[1]。也就是说，

---

[1] 日语中"玉碎"一词源自中国典故"宁为玉碎，不为瓦全"。在太平洋战争中，面对全军覆没的败绩，日军大本营有意选用"玉碎"一词取代"全灭"，一方面为防止士气低落，另一方面也为淡化自己指挥失败的责任。

福知山步兵第二十联队在战争的初期和末期，经历过两次"几乎全军覆没"。可以说是一支命途多舛的部队了。

父亲所说的"捡回一条命"，恐怕指的是自己侥幸没在战争末期作为第五十三师团的一员，被送到惨绝人寰的缅甸战线上一事吧。不过，他也一定不曾忘记那些战死在巴丹半岛和莱特岛上的、他在第十六师团时的战友。不难想象，如果父亲走上另一条命运之路，和他曾编入的第十六师团一同被送往菲律宾，那么无论在哪个战场——不是巴丹半岛就是莱特岛，不是莱特岛就是巴丹半岛——都会战死无疑；那样的话，这个世界上自然也就没有我了。这大约该说是"幸运"吧。但对父亲来说，曾经的战友们都在遥远的南方战场白白断送了性命（恐怕其中有不少人的尸骨至今仍然曝露荒野），只有自己一人独活，一定在他心里引爆了巨大的痛楚，并造就了切身的负疚。每每想到这里，我都会重新领会到父亲生前的心情，明白他何以每个早晨长久地紧闭双眼，聚精会神地诵经。

另外，父亲在京都大学求学那段时间依然醉心于俳句，好像还作为"京大杜鹃会"的同好，积极参与文化活动。似乎还亲身参与了俳句杂志《京鹿子》的发行。我还记得，那本杂志的过刊曾把我家的壁橱塞得满满的。

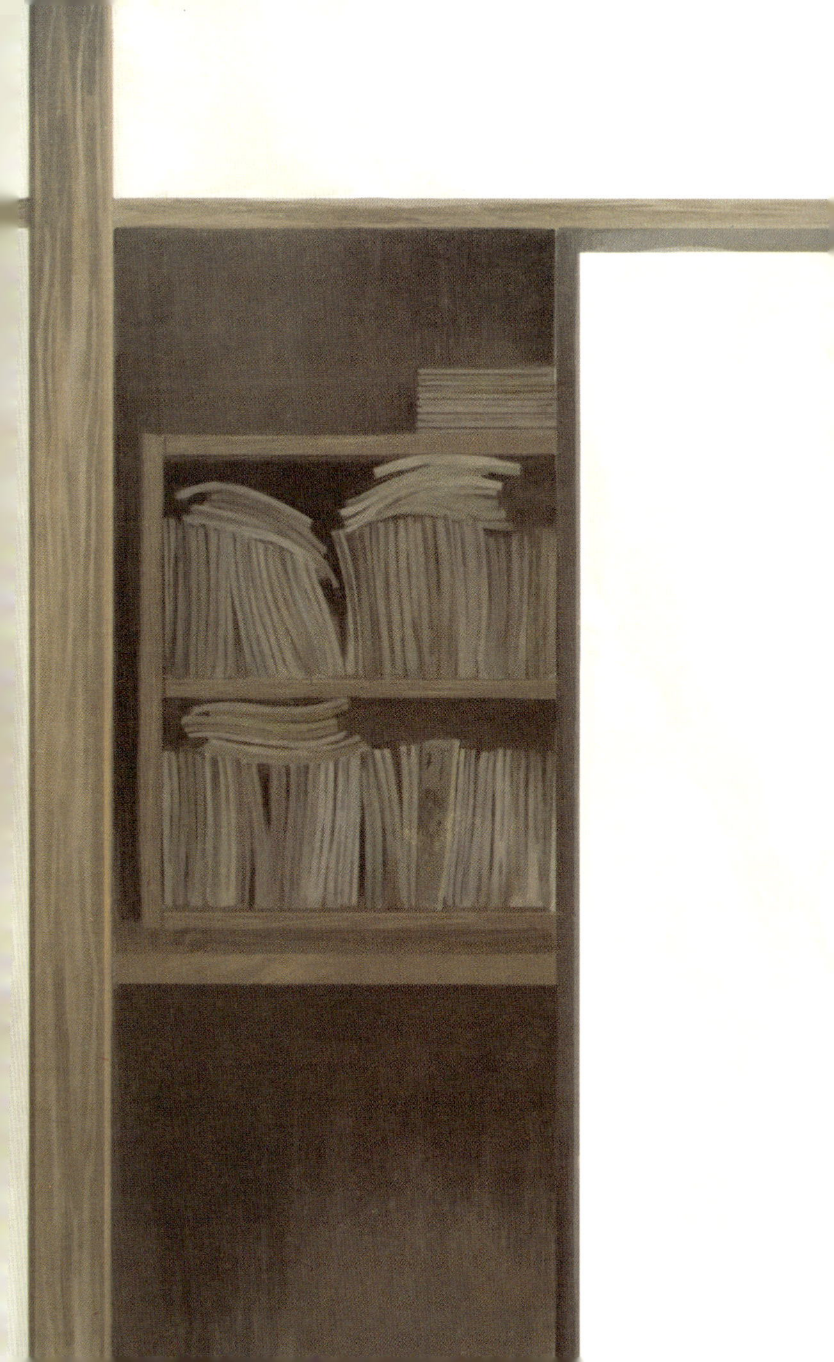

　　父亲进入京都大学后，于昭和二十年六月
十二日再次接受征兵。这是他第三次进入军队服
役。不过这次他所在的部队不是第十六师团，也
不是后来编成的第五十三师团。这两支师团那时
都已覆灭，早就不复存在。这次他以上等兵的身
份，被编入中部一百四十三部队。这支部队在日
本本土驻扎，我不清楚具体的驻地，不过说是汽
车部队，想必还是辎重兵的范畴。但两个月后的
八月十五日战争就结束了，十月二十八日兵役正
式解除，父亲再次返回大学校园。不管怎么说，

他算是在这场浩荡而悲惨的战争中活了下来。那时的他二十七岁。

我生于昭和二十四年，即一九四九年的一月。他于昭和二十二年九月通过学士考试，进入京都大学文学部的研究生院，但年纪已经不小，又结了婚，还有了我，不得不断了求学的念头，为了养家糊口，在西宫市的甲阳学院当了国文老师。我不知道父亲和母亲具体是怎样走到一起的。他们一个住在京都，一个住在大阪，大概是共同的朋友介绍认识的吧。当时母亲有一个想要与之结婚的人（一名音乐老师），但对方在战争中殒命。母亲的父亲（也就是我的外祖父）原来在船场开了一家店，也因为美军空袭被烧得分毫不剩。母亲曾遭遇格鲁曼舰载战斗机的机关枪扫射，在大阪街头东躲西藏，一直对此记忆犹新。和父亲一样，战争也深深地改变了母亲的人生。但正因如此——大概可以这样说吧——才有了现在的我。

总之，我在京都市伏见区落生。但记事的时候，家已经搬到了兵库县西宫市夙川。十二岁时又搬到西宫旁边的芦屋市。因此虽然是生在京都，但就自身感受和精神层面而言，我应该算是阪神间的人。同样是关西地区，但京都、大阪，以及神户（阪神间）的方言有细微的区别，看问题的角度和思维方式也各不相同。从这一点来看，大概可以说，我对风土文化的感知方式和生在京都、长在京都的父亲不同，和生在大阪、长在大阪的母亲也不同。

现年九十六岁的母亲以前也是国文老师，毕

业于大阪樟荫女子专门学校国文系，曾在母校
（应该就是樟荫高等女校）任教，婚后辞去教职。
印象中，一九六四年田边圣子[1]获芥川奖的时候，
母亲看到报纸说："啊，这孩子我很熟呢。"原来
田边也毕业于樟荫女子专门学校，也许她们二人
以前有过交集。

听母亲说，父亲年轻时的日子过得相当荒唐。
也许战争的残酷体验还留在他的血液里，把握不
住人生方向的挫败感也必然令他很痛苦。他那时
似乎经常喝酒，有时还会对学生动粗。但伴随我
的成长，他的脾气和举止仿佛渐渐温和了许多。
尽管时不时也心情阴郁，沉着一张脸，或者酗酒

---

[1] 田边圣子（1928—2019），日本小说家，紫绶褒章、文化勋章获得者。
　　写作以恋爱小说为主。1964 年，作品《感伤旅行》获第五十届芥川奖。

（母亲没少为此抱怨），却不曾让我这个做儿子的觉得这个家有什么不好。也许种种回忆已在他心中安静地沉淀下来，汹涌的情绪也渐渐平息了吧。

在我心目中，毫不偏袒地说，他是一位十分优秀的老师。父亲去世时，有一大批他的学生前来吊唁，数量之多让我多少有些吃惊。可见他有多受学生爱戴。父亲的学生中有很多人当了医生，托他们的福，在与病魔抗争的过程中，父亲得到了极为体贴的关照。

母亲好像也是一位十分出色的老师，我出生后，她成了专职主妇。尽管如此，她以前教过的学生（说是学生，其实年龄和母亲相仿）还会经常来我家玩。不过不知道为什么，我自己似乎不太适合当老师。

　　说到小时候与父亲有关的记忆，那就是我们经常一起去看电影。星期天的早上起床后，摊开报纸，看看附近的电影院在放什么电影（当时西宫有好几家电影院，现在不知道怎么样了），找到有意思的就骑自行车去看。大部分是美国电影，美国电影中的大部分又是西部片或战争片。父亲不曾提及自己在战场上的感受，对战争片却似乎不怎么抵触。所以二十世纪五十年代公映的战争片和西部片我记得格外清楚。约翰·福特[1]的电影基本都看了。沟口健二[2]的《赤线地带》《新平

---

[1]　约翰·福特（1894—1973），美国电影导演、编剧、制片人。他导演的西部片具有鼓舞人心的力量，以非凡的艺术成就和强烈的风格特征深刻影响了这类影片的发展。

[2]　沟口健二（1898—1956），日本电影导演、编剧。对女性命运的悲剧描写展现了当时日本社会的缩影，令他立足于世界电影大师之林。

家物语》、丰田四郎[1]的《墨东绮谭》之类的影片，父母以"不适合小孩看"为由，两个人去了影院，只留我一人看家（不过当时我并不明白，究竟为什么少儿不宜）。

我们还常一起去甲子园球场看棒球比赛。父亲一辈子都是热忱的阪神老虎队球迷，阪神输了球就很不高兴。我后来不再支持老虎队，或许也与这一点有关。

父亲当了老师，对俳句的热情仍然不减。他桌上永远放着一本古旧的季语[2]集，皮面装帧，

---

[1] 丰田四郎（1906—1977），日本电影导演、编剧。以怀旧主题和女性作品获得极高赞誉。

[2] 能体现季节特征的词语或事物名称，是俳句中不可或缺的元素。

有空便慢悠悠地翻阅。季语集之于父亲，大概就像《圣经》之于基督教徒一样宝贵。他也出了几本俳句集，可现在都找不到了。那些书都到哪里去了呢？父亲在学校教书时，把学生们聚在一起，办过类似俳句同好会的活动，还会指导对俳句感兴趣的学生，也办过俳句大会。当时还是小学生的我也被他带着参加了几次。其中一次趁着郊游，借用滋贺石山寺大山里的一座古庵来办，听说松尾芭蕉[1]曾在这座庵中住过一小段时间。不知道为什么，至今我依然清清楚楚地记得那个午后的情景。

---

[1] 松尾芭蕉（1644—1694），日本德川时代的俳句大师。其俳句在日本历久不衰，影响遍及世界各地。

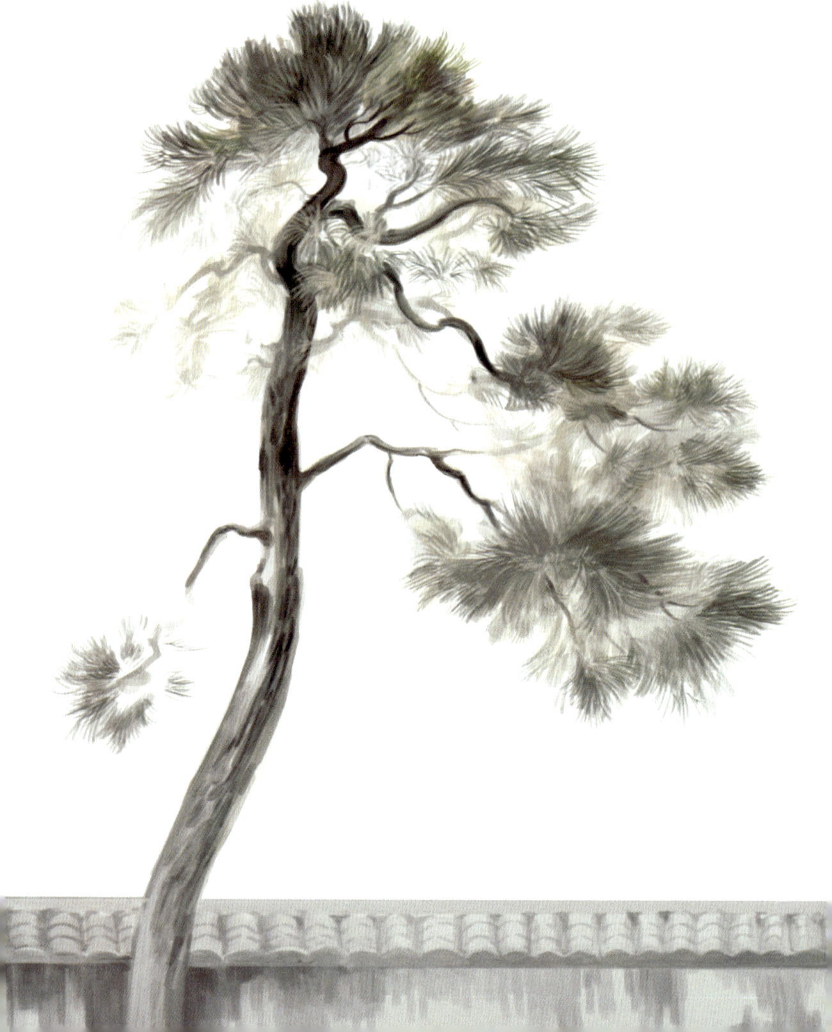

不过，父亲应该还是想把他的人生中没能实现的理想，寄托在我这个独生子身上的吧。随着我渐渐长大，自我人格逐渐形成，与父亲在情感上的摩擦愈发强烈而明显。而我们的个性中都有相当倔强的部分，也就是说，我们不会轻易地交出自我，又几乎不能直截了当地讲明自己的想法。不论好坏，也许在这一点上，我们是同类。

关于我们父子矛盾的细节，我不想说得太多，在这里就只简单地讲一讲。真要细说，就说来话长了，而且都是些家长里短的事。如果只谈结果，那就是我早早结了婚，工作后和父亲的关系便彻底疏远。尤其是当上职业作家后，常有各种鸡毛蒜皮的小事突然冒出来，我们的关系变得更加扭曲，最后几乎决裂，有二十多年没见过彼此一面，没什么大事基本上不会说话，也不会联系对方。

我和父亲成长的年代和环境都不同，思维方式不同，对世界的看法也不同。这是再自然不过的事。如果我们能在人生的某个阶段，从这些角度出发，努力修复我们的关系，也许情况会和现在有所不同。不过对那时的我来说，与其再下功夫探索和他的相处模式，还不如集中精力，去做眼下自己想做的。因为我还年轻，还有许多必要的事等着我去做，我心里也有十分明确的目标。比起血缘这种复杂的牵绊，那些事在我看来重要得多。另外，我当然也有自己的小家，那是我必须去守护的。

直到父亲去世前不久，我才终于和他面对面地交流。当时我年近花甲，而父亲就快九十岁了。他住在京都西阵的某家医院，罹患严重的糖尿病，癌细胞转移到身体各个地方。原本体格偏胖的他几乎瘦脱了相，和从前判若两人。父亲和我在病房进行了一场笨拙的——也是他人生最后的、极为短暂的——对话，达成了和解。尽管思维方式和对世界的看法不同，但牵绊着我们的那种类似缘分的东西，毫无疑问在我心中发挥了作用。站在枯瘦如柴的父亲面前，我不容分说地感受到这一点。

比如我们曾在某个夏日，一起骑自行车到香炉园的海边扔一只母狸花猫，却被它轻松地抢先一步跑回了家。不管怎么说，那都是一次弥足珍

贵的、谜一般的共同经历吧。我至今都能清楚地
回忆起那时岸边的潮声，以及风穿过防风松林带
来的香气。正是这一件件小事无穷地累积，才让
我这个人长成如今的模样。

父亲去世后，为了追根溯源，我见了许多他
认识的人，一点点听来与他有关的故事。

这样一篇私人化的文章能引起多少普通读者
的兴趣，我并不知道。但我是那种非得亲自动手，
将文字落在纸上才能思考的人（我天生不擅长抽
象思考或是凭空设想），需要以这样的方式回溯往
事，眺望过去，将它们转换成看得见的文字、读
得出声的文章。而越是书写、越是返回去重读，
我越是有一种奇妙的感觉，好像自己正逐渐变得

透明。仿佛将手抬到眼前，却能透过它看到对面的微光似的。

假若父亲的兵役没有解除，而是被送到菲律宾或缅甸战线上……假若母亲那个做音乐老师的未婚夫没有战死在某个地方……这样想想，我就觉得很不可思议。因为假若那些真的发生，这世上就不存在我这个人了。接下来，我的意识当然也不会存在，就连我写的书也不会出现在这个世界上。如此一来，我作为小说家活着这一状态本身，也变得仅仅像一场不够真切的梦幻了。我这个个体的存在意义渐渐模糊，手心透出光来也没什么好大惊小怪的。

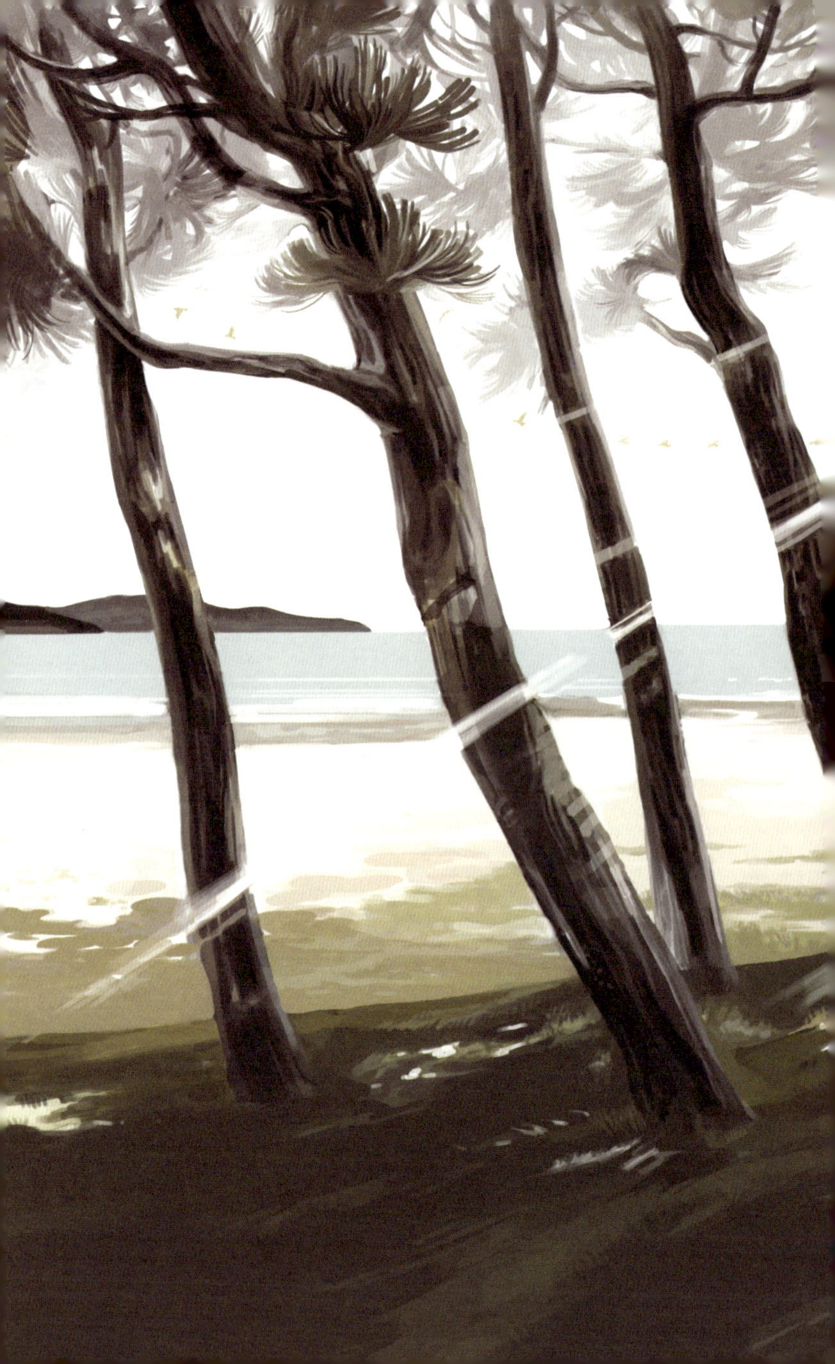

在我的孩提时代，还有一个回忆与猫有关。我好像曾将它作为一个插曲，写在某部小说里，现在我要再写一遍。这一次是作为真实的经历来写。

我们曾经养了一只白色的小奶猫。不记得那只小猫为何会被我家收养了，毕竟小时候，有太多只猫在我家来来去去。不过我记得很清楚，那只小猫的毛色很漂亮，十分可爱。

一天傍晚，我正坐在檐廊上，那只猫在我眼皮底下哧溜溜地蹿上了松树（我家院子里有一棵很挺拔的松树），仿佛在对我炫耀自己有多勇敢、多灵活。小猫异常轻快地攀上树干，消失在顶端的树枝之间。我默默地望着这幕情景。但没过多久，小猫便开始发出难为情的求救声。多半是爬到高处，却怕得不敢下来了吧。猫爬树利索，却不擅长从上面下来。可小猫不懂得这些。不顾一切地冲上树梢，才发现自己竟到了这么高的地方，它一定四脚发软了吧。

我站在松树底下往上看，但看不见猫的踪影，只有耳边传来细细的叫声。我叫来父亲，向他说明情况，问他能不能想办法救救小猫，可父亲也无计可施。那地方太高，连梯子也够不着。就这样，小猫一直拼命地呼救，日头渐渐西沉，黑暗终于将那棵松树盖得严严实实。

我不知道那只小猫后来怎么样了。第二天早

上起床的时候，已经听不到它的叫声了。我朝着树顶的方向，喊了好几次它的名字，却没有回应。空气中只剩下沉默。

也许那只猫夜里总算从树上下来，然后跑到别的什么地方去了。（但去了哪里呢？）或者一直下不来，在松树的枝杈间耗尽力气，再也发不出叫声，逐渐衰弱而死了吧。后来，我经常坐在檐廊上，仰头望着那棵松树浮想联翩。我想象着那只白色的小猫张开娇嫩的爪子，死死抱着树枝的样子。想象它就这样死在枝杈间，渐渐干瘪。

这是我的童年与猫有关的另一个清晰的回忆。它给还年幼的我留下一个深刻的教训："下来比上去难得多。"说得更笼统些就是——结果可以轻而易举地吞噬起因，让起因失去原本的力量。这有时可能杀死一只猫，有时也可能杀死一个人。

88

　　无论如何，我在这篇私人化的文字中，最想说的只有一点。一个毫无疑问的事实。

　　那就是，我只不过是一个普通人的普通的儿子。这是一件再自然不过的事。可越是坐下来深挖这一事实，就越会明白无误地发现，它不过是一种偶然。最终，我们每一个人不过是把这份偶然当成独一无二来生活罢了。

　　换句话说，我们不过是无数滴落向宽阔大地的雨滴中寂寂无名的一滴。是确实存在的，却也是可以被替代的一滴。但这一滴雨水中，有它独一无二的记忆。一粒雨滴有它自己的历史，有将这历史传承下去的责任和义务。这一点我们不应忘记。即使它会被轻易吞没，失去个体的轮廓，被某一个整体取代，从而逐渐消失。不，应该说，正因为它会被某一个整体取代从而逐渐消失，我们才更应铭记。

　　直到现在，我偶尔还是会想起夙川家的院子里，那棵高大挺拔的松树。想起那也许已在上面化为白骨，却还像无法消散的记忆一般紧抱着树枝的小猫。然后想到死亡，想到从令人目眩的高处朝着地面垂直下落的艰难。

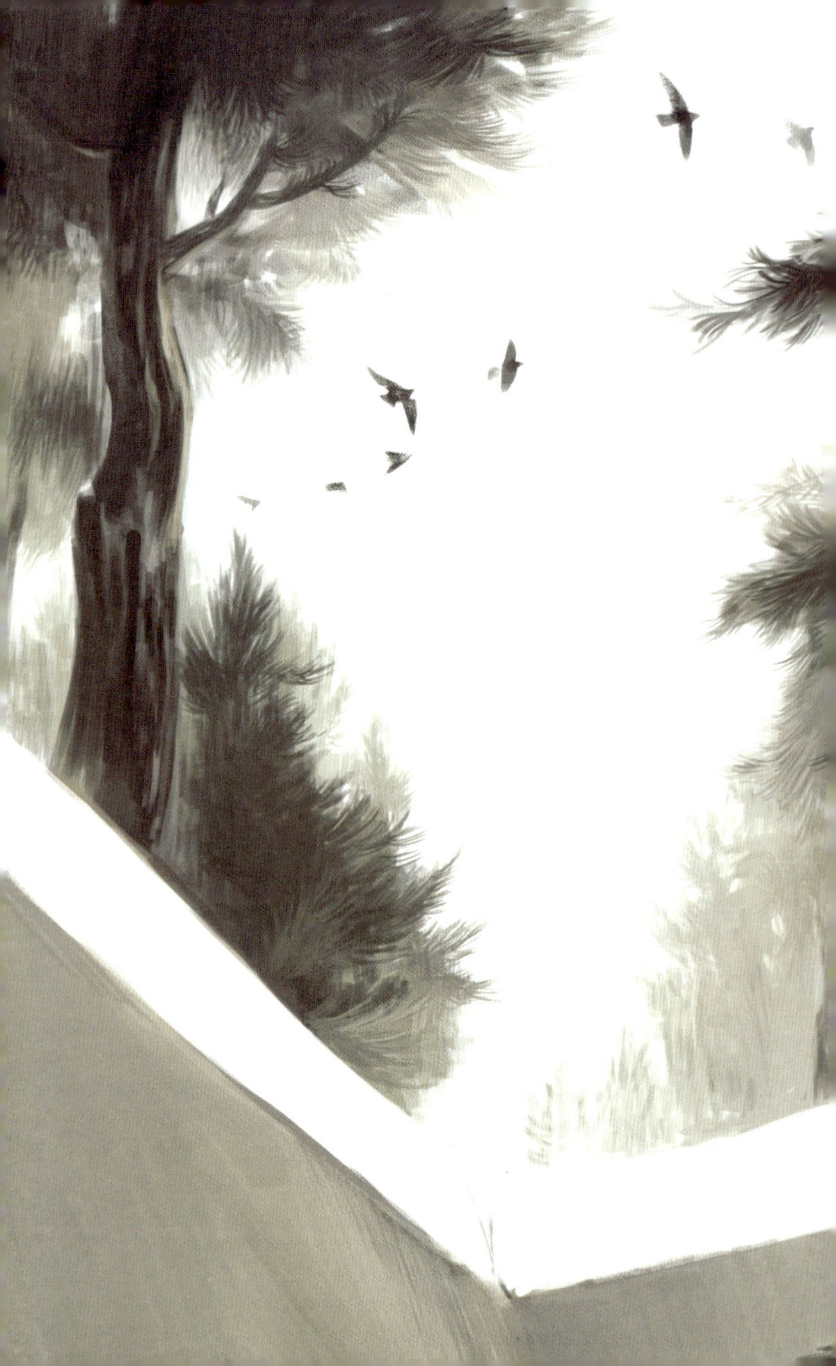

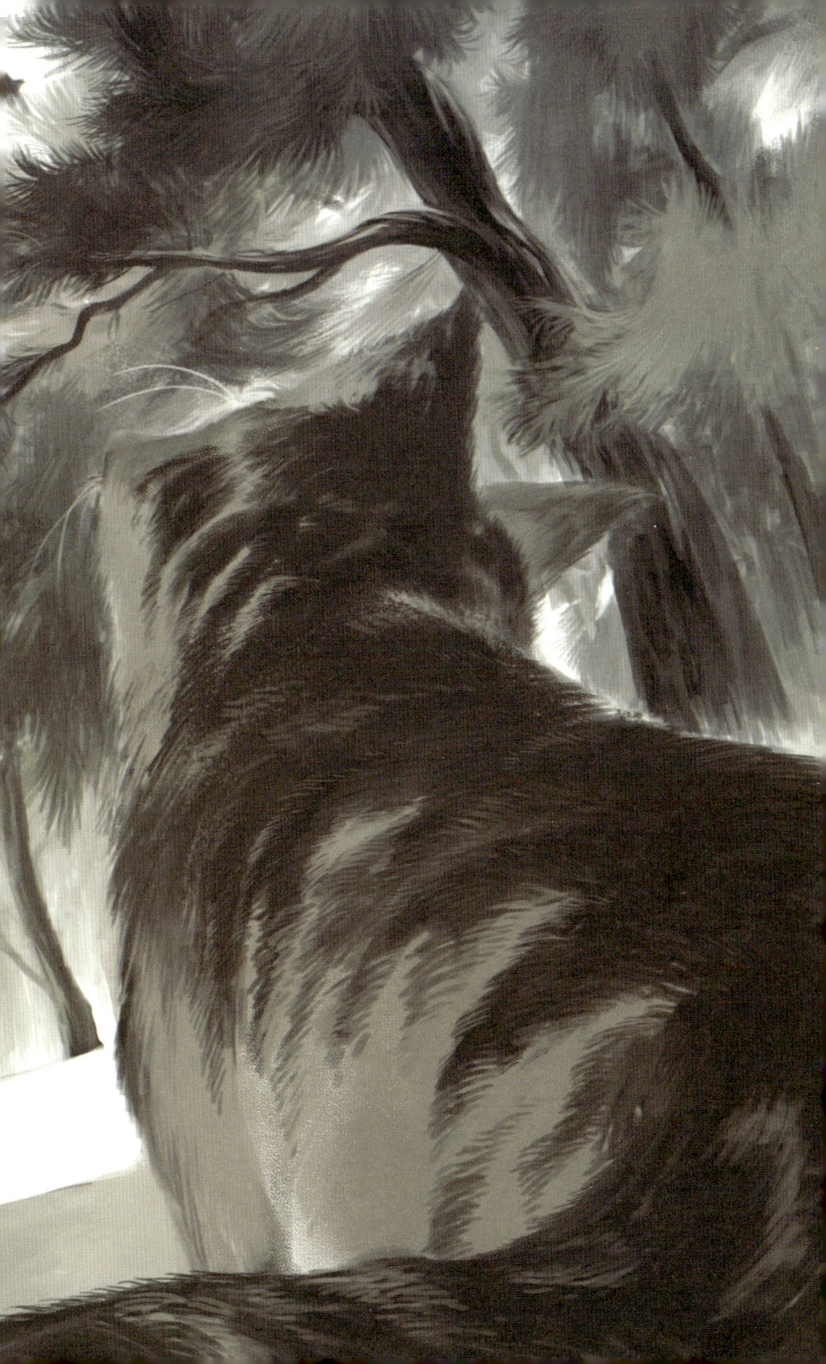

后

记

小小的历史碎片

　　很久以前我就想着，要写一篇像样的文字，讲一讲去世的父亲。时光飞逝，却迟迟未能落笔。写自己的家人（至少对我来说）是一件相当沉重的事，我一直没有找到一个合适的方式，没想好该从哪里写起，又该如何写起。这件事就像一根鲠在喉咙口的细刺，久久地堵在我心中。不过，我忽然想起小时候和父亲一起去海边扔猫的事，没想到，从这里开始往下写，就自然而顺畅地写了出来。

　　战争究竟能给一个人——一个极为平凡的、

默默无闻的市民——的生活和精神带来多大、多深的改变。这是我在本篇文字中想写的内容之一。而结论，就是现在的我。只要父亲的命运有一丝一毫的变化，我这个人就不可能存在。所谓的历史就是这样——是从无数假说中诞生的、唯一的冷峻现实。

历史不是过去的东西。它存在于意识内部，或者潜意识的内部，流成有温度、有生命的血液，不由分说地被搬运到下一代人那里。从这个层面来看，我在这里写的是一个人的故事，同时也是构成我们生活的整个世界的、恢宏故事的一部分。尽管是极小的一部分，但它毫无疑问是其中的一片。

不过，我不想将它写成一条所谓的"讯息"。我只想让它作为历史角落里的一个无名的故事，尽可能呈现其原本的样貌。曾经陪伴在我身边的那几只猫，则在背后悄悄支撑着这个故事的走向。

本文起初刊载于杂志，在各类相关的史实考证方面得到了《文艺春秋》杂志编辑部的帮助。在此深表感谢。

2020 年 2 月

村上春树

更 好 的 阅 读

出 品 人　沈浩波

出版监制　魏　玲　潘　良　于　北

产品经理　单元皓

特约编辑　叶　青

版权支持　冷　婷　郎彤童

营销支持　金　颖　黄筱萌

装帧设计　山川制本 workshop

关注我们

官方微博：@文治图书

官方豆瓣：文治图书

联系我们：wenzhibooks@xiron.net.cn

有些事会随着时间被忘记，
有些事则会被时间重新提起。

当我读完《弃猫》后

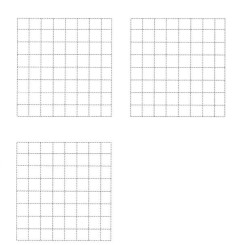

它仿佛不知不觉中消失在某个地方，

事到如今，只留在我的回忆里。

——《弃猫 当我谈起父亲时》

时间：　　　　　　　地点：

页码：　　　　　　　情绪：☺ 😠 🥲 😐

标题：

Mon. Tue. Wed. Thu. Fri. Sat. Sun.

读书笔记区

时间：　　　　　　地点：

页码：　　　　　　情绪：

标题：

Mon. Tue. Wed. Thu. Fri. Sat. Sun.

时间：   地点：

页码：   情绪：

标题：

Mon. Tue. Wed. Thu. Fri. Sat. Sun.

读书笔记区

时间：   地点：

页码：   情绪：

标题：

Mon. Tue. Wed. Thu. Fri. Sat. Sun.

读书笔记区

时间：　　　　　　　　　　地点：

页码：　　　　　　　　　　情绪：

标题：

Mon. Tue. Wed. Thu. Fri. Sat. Sun.

读书笔记区

时间：　　　　　　　　　地点：

页码：　　　　　　　　　情绪：

标题：

Mon. Tue. Wed. Thu. Fri. Sat. Sun.

读书笔记区

时间:　　　　　　　　　　　　地点:

页码:　　　　　　　　　　　　情绪:　☺　😠　☹　😐

标题:

Mon. Tue. Wed. Thu. Fri. Sat. Sun.

读书笔记区

当我谈起家人时

也许种种回忆已在他心中安静地沉淀下来，
汹涌的情绪也渐渐平息了吧。

——《弃猫 当我谈起父亲时》

时间：   地点：

人物：   情绪： 😀 😫 😢 😐

标题：

Mon. Tue. Wed. Thu. Fri. Sat. Sun.

当我谈起家人时

时间：   地点：

人物：   情绪：

标题：

Mon. Tue. Wed. Thu. Fri. Sat. Sun.

当我谈起家人时

时间：　　　　　　　　　　　地点：

人物：　　　　　　　　　　　情绪：

标题：

Mon. Tue. Wed. Thu. Fri. Sat. Sun.

当我谈起家人时

时间：　　　　　　地点：

人物：　　　　　　情绪：

标题：

Mon. Tue. Wed. Thu. Fri. Sat. Sun.

时间：　　　　　　　　　　地点：

人物：　　　　　　　　　　情绪：

标题：

Mon. Tue. Wed. Thu. Fri. Sat. Sun.

当我谈起家人时

时间：　　　　　　　　　　地点：

人物：　　　　　　　　　　情绪：😀 😫 😢 😐

标题：

Mon. Tue. Wed. Thu. Fri. Sat. Sun.

当我谈起家人时

时间：　　　　　　　　　　　　地点：

人物：　　　　　　　　　　　　情绪：

标题：

Mon. Tue. Wed. Thu. Fri. Sat. Sun.

当我谈起家人时

时间：　　　　　　　　　地点：

人物：　　　　　　　　　情绪：☺ 😣 😢 😐

标题：

Mon. Tue. Wed. Thu. Fri. Sat. Sun.

当我谈起家人时

时间：   地点：

人物：   情绪：

Mon. Tue. Wed. Thu. Fri. Sat. Sun.

当我谈起家人时

时间：　　　　　　　　　　　地点：

人物：　　　　　　　　　　　情绪：

标题：

Mon. Tue. Wed. Thu. Fri. Sat. Sun.

当我谈起家人时

时间：　　　　　　　　　地点：

人物：　　　　　　　　　情绪：　☺　😣　😢　😐

标题：

Mon. Tue. Wed. Thu. Fri. Sat. Sun.

当我谈起家人时

当我谈起宠物时

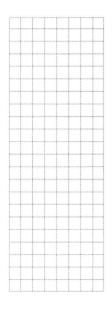

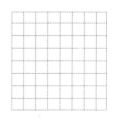

猫和书就是我最珍贵的伙伴。

——《弃猫 当我谈起父亲时》

时间：　　　　　　　　　地点：

它：　　　　　　　　　　情绪：😺 😺 😾 😺

标题：

| Mon. |
| Tue. |
| Wed. |
| Thu. |
| Fri. |
| Sat. |
| Sun. |

当我谈起宠物时

时间： 地点：

它： 情绪：

标题：

Mon. Tue. Wed. Thu. Fri. Sat. Sun.

当我谈起宠物时

时间：　　　　　　　　　地点：

它：　　　　　　　　　　情绪：😺 😻 😾 😺

标题：

Mon. Tue. Wed. Thu. Fri. Sat. Sun.

当我谈起宠物时

时间:　　　　　　　　地点:

它:　　　　　　　　情绪:

标题:

Mon. Tue. Wed. Thu. Fri. Sat. Sun.

时间： 地点：

它： 情绪：

标题：

Mon. Tue. Wed. Thu. Fri. Sat. Sun.

当我谈起宠物时

时间：　　　　　　　　地点：

它：　　　　　　　　　情绪：😺 😿 😾 😺

标题：

Mon. Tue. Wed. Thu. Fri. Sat. Sun.

时间：　　　　　　　　　地点：

它：　　　　　　　　　　情绪：

标题：

Mon. Tue. Wed. Thu. Fri. Sat. Sun.

当我谈起宠物时

时间：　　　　　　　　　　地点：

它：　　　　　　　　　　　情绪：😺 😾 😿 😺

标题：

Mon. Tue. Wed. Thu. Fri. Sat. Sun.

当我谈起宠物时

时间：   地点：

它：   情绪：

标题：

| | Mon. | Tue. | Wed. | Thu. | Fri. | Sat. | Sun. |

当我谈起宠物时

时间：

地点：

它：

情绪：

标题：

Mon. Tue. Wed. Thu. Fri. Sat. Sun.

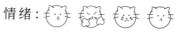

时间：   地点：

它：   情绪： 😺 😿 😾 😺

标题：

Mon. Tue. Wed. Thu. Fri. Sat. Sun.

当我谈起宠物时

当我谈起自己时

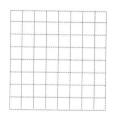

我们不过是无数滴落向宽阔大地的雨滴中

寂寂无名的一滴。

——《弃猫 当我谈起父亲时》

时间：　　　　　　　　　地点：

人物：　　　　　　　　　情绪：😀 😣 😢 😐

标题：

Mon. Tue. Wed. Thu. Fri. Sat. Sun.

当我谈起自己时

时间：　　　　　　　　　　地点：

人物：　　　　　　　　　　情绪：　☺　😣　😢　😑

标题：

Mon. Tue. Wed. Thu. Fri. Sat. Sun.

时间：   地点：

人物：   情绪：

标题：

Mon. Tue. Wed. Thu. Fri. Sat. Sun.

当我谈起自己时

时间：　　　　　　　　　　地点：

人物：　　　　　　　　　　情绪：

标题：

Mon. Tue. Wed. Thu. Fri. Sat. Sun.

时间：   地点：

人物：   情绪：

标题：

Mon. Tue. Wed. Thu. Fri. Sat. Sun.

当我谈起自己时

时间:　　　　　　　　　　地点:

人物:　　　　　　　　　　情绪:

标题:

Mon. Tue. Wed. Thu. Fri. Sat. Sun.

当我谈起自己时

时间：　　　　　　　地点：

人物：　　　　　　　情绪： 😀 😣 😢 😐

标题：

Mon. Tue. Wed. Thu. Fri. Sat. Sun.

当我谈起自己时

时间：　　　　　　　　地点：

人物：　　　　　　　　情绪： 😊 😠 😢 😐

标题：

<table>
<tr><td></td><td>Mon. Tue. Wed. Thu. Fri. Sat. Sun.</td></tr>
</table>

时间：   地点：

人物：   情绪： ☺ 😖 😢 😐

标题：

Mon.
Tue.
Wed.
Thu.
Fri.
Sat.
Sun.

当我谈起自己时

时间：　　　　　　　　　　地点：

人物：　　　　　　　　　　情绪：

标题：

Mon. Tue. Wed. Thu. Fri. Sat. Sun.

当我谈起自己时

时间：　　　　　　　　　　地点：

人物：　　　　　　　　　　情绪： ☺ 😠 😢 😐

标题：

Mon.
Tue.
Wed.
Thu.
Fri.
Sat.
Sun.

当我谈起自己时

当我谈起

故乡时

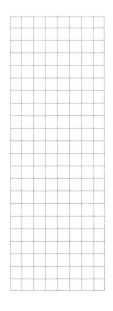

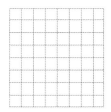

我至今都能清楚地回忆起那时岸边的潮声，
以及风穿过防风松林带来的香气。

——《弃猫 当我谈起父亲时》

时间：　　　　　　　地点：

人物：　　　　　　　情绪：

标题：

Mon.
Tue.
Wed.
Thu.
Fri.
Sat.
Sun.

当我谈起故乡时

时间：

地点：

人物：

情绪：

标题：

Mon. Tue. Wed. Thu. Fri. Sat. Sun.

时间：　　　　　　　　　　　地点：

人物：　　　　　　　　　　　情绪： ☺ 😠 😢 😐

标题：

Mon. Tue. Wed. Thu. Fri. Sat. Sun.

当我谈起故乡时

时间：　　　　　　　　地点：

人物：　　　　　　　　情绪：😊 😫 😢 😐

标题：

Mon. Tue. Wed. Thu. Fri. Sat. Sun.

当我谈起故乡时

时间：   地点：

人物：   情绪：

标题：

Mon. Tue. Wed. Thu. Fri. Sat. Sun.

当我谈起故乡时

时间：　　　　　　　　　　　地点：

人物：　　　　　　　　　　　情绪：　☺　😠　😢　😐

标题：

Mon. Tue. Wed. Thu. Fri. Sat. Sun.

当我谈起故乡时

时间： 　　　　　　　　　　地点：

人物： 　　　　　　　　　　情绪：

标题：

Mon. Tue. Wed. Thu. Fri. Sat. Sun.

当我谈起故乡时

时间：　　　　　　　　　　地点：

人物：　　　　　　　　　　情绪：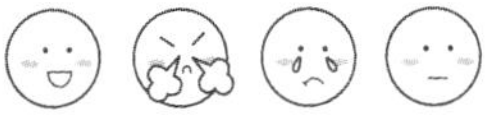

标题：

Mon. Tue. Wed. Thu. Fri. Sat. Sun.

时间：　　　　　　　　　　地点：

人物：　　　　　　　　　　情绪： ☺ 😣 😢 😐

标题：

Mon. Tue. Wed. Thu. Fri. Sat. Sun.

当我谈起故乡时

时间：　　　　　　　　　地点：

人物：　　　　　　　　　情绪：

标题：

Mon. Tue. Wed. Thu. Fri. Sat. Sun.

当我谈起故乡时

时间：　　　　　　　　　　地点：

人物：　　　　　　　　　　情绪：

标题：

Mon. Tue. Wed. Thu. Fri. Sat. Sun.

当我谈起故乡时

读书时 当我谈起

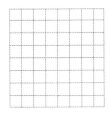

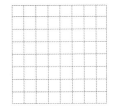

和头脑灵光相比，

心灵的自由和感觉的敏锐更能派上用场。

——《弃猫 当我谈起父亲时》

时间：　　　　　　　　　　地点：

书名：　　　　　　　　　　情绪： ☺ 😣 😢 😐

标题：

Mon. Tue. Wed. Thu. Fri. Sat. Sun.

当我谈起读书时

时间：　　　　　　　　　地点：

书名：　　　　　　　　　情绪：😀 😠 😢 😐

标题：

Mon. Tue. Wed. Thu. Fri. Sat. Sun.

当我谈起读书时

时间：　　　　　　　　　地点：

书名：　　　　　　　　　情绪：☺ 😣 😢 😐

标题：

Mon. Tue. Wed. Thu. Fri. Sat. Sun.

当我谈起读书时

时间：　　　　　　　　　　地点：

书名：　　　　　　　　　　情绪： 😀 😫 😢 😐

标题：

Mon. Tue. Wed. Thu. Fri. Sat. Sun.

时间：　　　　　　　　　　地点：

书名：　　　　　　　　　　情绪：😀 😣 🙁 😐

标题：

Mon. Tue. Wed. Thu. Fri. Sat. Sun.

当我谈起读书时

时间：　　　　　　　　地点：

书名：　　　　　　　　情绪：☺ 😣 😢 😐

标题：

Mon. Tue. Wed. Thu. Fri. Sat. Sun.

时间：   地点：

书名：   情绪： ☺ 😠 😢 😐

标题：

Mon. Tue. Wed. Thu. Fri. Sat. Sun.

当我谈起读书时

时间：　　　　　　　　　地点：

书名：　　　　　　　　　情绪：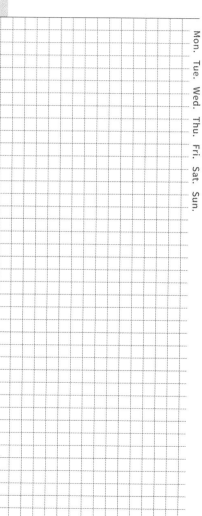

标题：

Mon. Tue. Wed. Thu. Fri. Sat. Sun.

当我谈起读书时

时间：　　　　　　　　　　地点：

书名：　　　　　　　　　　情绪：

标题：

Mon. Tue. Wed. Thu. Fri. Sat. Sun.

当我谈起读书时

时间:　　　　　　　　　　地点:

书名:　　　　　　　　　　情绪: 😀 🤬 😢 😐

标题:

Mon. Tue. Wed. Thu. Fri. Sat. Sun.

当我谈起读书时

时间：   地点：

书名：   情绪： 😀 😣 😢 😐

标题：

Mon. Tue. Wed. Thu. Fri. Sat. Sun.

当我谈起时

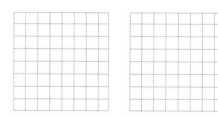

既有开心的往事，

也有不那么愉快的回忆。

　　——《弃猫 当我谈起父亲时》

时间：   地点：

人物：   情绪： 😀 😣 😢 😐

标题：

| | Mon. Tue. Wed. Thu. Fri. Sat. Sun. |

当我谈起_____时

时间：　　　　　　　　　　地点：

人物：　　　　　　　　　　情绪：

标题：

Mon. Tue. Wed. Thu. Fri. Sat. Sun.

时间：   地点：

人物：   情绪： 😀 😠 😢 😐

标题：

Mon. Tue. Wed. Thu. Fri. Sat. Sun.

当我谈起_____时

时间：　　　　　　　　地点：

人物：　　　　　　　　情绪：

标题：

Mon. Tue. Wed. Thu. Fri. Sat. Sun.

当我谈起＿＿＿时

时间: 地点:

人物: 情绪:

标题:

Mon.
Tue.
Wed.
Thu.
Fri.
Sat.
Sun.

当我谈起_____时

时间：　　　　　　　　地点：

人物：　　　　　　　　情绪：　🙂　😠　😢　😐

标题：

Mon. Tue. Wed. Thu. Fri. Sat. Sun.

当我谈起＿＿＿＿＿时

时间：　　　　　　　　　　地点：

人物：　　　　　　　　　　情绪：

标题：

Mon.
Tue.
Wed.
Thu.
Fri.
Sat.
Sun.

当我谈起_____时

时间：　　　　　　　　　　　地点：

人物：　　　　　　　　　　　情绪：

标题：

Mon. Tue. Wed. Thu. Fri. Sat. Sun.

当我谈起＿＿＿＿＿时

时间：   地点：

人物：   情绪： 😄 😖 😢 😐

标题：

| Mon. Tue. Wed. Thu. Fri. Sat. Sun. | | | | | | | | | | | | | | | | | | | | | | | |

当我谈起＿＿＿＿＿时

时间：   地点：

人物：   情绪：

标题：

Mon. Tue. Wed. Thu. Fri. Sat. Sun.

当我谈起_____时

时间：　　　　　　　　　　地点：

人物：　　　　　　　　　　情绪：

标题：

Mon. Tue. Wed. Thu. Fri. Sat. Sun.

当我谈起_____时

时间线 我的人生

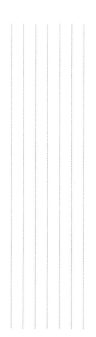

正是这一件件小事无穷地累积，

才让我这个人长成如今的模样。

——《弃猫 当我谈起父亲时》

_____年____   情绪

_____年____   情绪

_____年____   情绪

_____年____   情绪

_____年____   情绪

_____年____   情绪

_____年____   情绪

_____年____   情绪

我的人生时间线

_____年____   情绪
                                                      😐

_____年____   情绪
                                                      😐

_____年____   情绪
                                                      😐

_____年____   情绪
                                                      😐

_____年____   情绪
                                                      😐

_____年____   情绪
                                                      😐

_____年____   情绪
                                                      😐

_____年____   情绪
                                                      😐

我的人生时间线

_____年____   情绪

_____年____   情绪

_____年____   情绪

_____年____   情绪

_____年____   情绪

_____年____   情绪

_____年____   情绪

_____年____   情绪

我的人生时间线

_____年____   情绪

_____年____   情绪

_____年____   情绪

_____年____   情绪

_____年____   情绪

_____年____   情绪

_____年____   情绪

_____年____   情绪

我的人生时间线

_____年____ 情绪

_____年____ 情绪

_____年____ 情绪

_____年____ 情绪

_____年____ 情绪

_____年____ 情绪

_____年____ 情绪

_____年____ 情绪

我的人生时间线

我的未来规划

没有好坏之分，而是顺其自然。

——《弃猫 当我谈起父亲时》

_____年_____ 达成☐
延期☐

_____年_____ 达成☐
延期☐

_____年_____ 达成☐
延期☐

_____年_____ 达成☐
延期☐

_____年_____ 达成☐
延期☐

_____年_____ 达成☐
延期☐

_____年_____ 达成☐
延期☐

_____年_____ 达成☐
延期☐

我的未来规划

_____年____   达成 ☐
       延期 ☐

_____年____   达成 ☐
       延期 ☐

_____年____   达成 ☐
       延期 ☐

_____年____   达成 ☐
       延期 ☐

_____年____   达成 ☐
       延期 ☐

_____年____   达成 ☐
       延期 ☐

_____年____   达成 ☐
       延期 ☐

_____年____   达成 ☐
       延期 ☐

_____年___ 达成 ☐
延期 ☐

_____年___ 达成 ☐
延期 ☐

_____年___ 达成 ☐
延期 ☐

_____年___ 达成 ☐
延期 ☐

_____年___ 达成 ☐
延期 ☐

_____年___ 达成 ☐
延期 ☐

_____年___ 达成 ☐
延期 ☐

_____年___ 达成 ☐
延期 ☐

我的未来规划

_____年_____   达成 ☐
                                                 延期 ☐

_____年_____   达成 ☐
                                                 延期 ☐

_____年_____   达成 ☐
                                                 延期 ☐

_____年_____   达成 ☐
                                                 延期 ☐

_____年_____   达成 ☐
                                                 延期 ☐

_____年_____   达成 ☐
                                                 延期 ☐

_____年_____   达成 ☐
                                                 延期 ☐

_____年_____   达成 ☐
                                                 延期 ☐

我的未来规划

_____年____ 达成☐ 延期☐

_____年____ 达成☐ 延期☐

_____年____ 达成☐ 延期☐

_____年____ 达成☐ 延期☐

_____年____ 达成☐ 延期☐

_____年____ 达成☐ 延期☐

_____年____ 达成☐ 延期☐

_____年____ 达成☐ 延期☐

我的未来规划